あまんきみこと教科書作品を語らう

あまんきみこ
長崎 伸仁
中洌 正堯

東洋館出版社

まえがき

あまんさんの二回目のお話をお聞きするために、長岡京市のお宅に伺ったのは、平成三十年三月二十日のことでした。

その日は、肌寒い日でしたが、あまんさんと、部屋のソファーいっぱいのぬいぐるみさんたちが、あたたかく迎えてくださいました。

ごあいさつの中で、ぬいぐるみさんたちにはそれぞれ名前があるとお聞きしたとたん、そこはもう、「あまんさんの世界」なのでした。

このときの三時間に及ぶお話の内容が、本書の第二章に当たります。ただ、本書の構成上、お話の一部は、一回目のものを第二章に移したり、逆のことをしたりしています。

第二章　教科書作品を語らう
――文学の世界に遊ぶ――
◇空の色は、わたしにとっての絵本だった――
「わたしのかさはそらのいろ」
◇子どもと同じ目線で見えてくる景色
「夕日のしずく」（以下略）

このインタビュー全体の企画は創価大学の長崎伸仁さんによるものです。

一回目のインタビューは、平成二十八年十一月二十二日に、長崎さん（聞き手）と東洋館出版社（当時）の大竹裕章さん（編集）とで行われておりました。それが本書の第一章に当たります。

長崎さんは、一回目の後、闘病生活に入り平成二十九年の十月、帰らぬ人となりました。

二回目はですから、長崎さんの遺志を引き継いだかたちです。

二回目のインタビューのための基礎資料は次の三つで、きちんと整理され、ファイルされていました。

Ａ　一回目のインタビューの録音テープを起こしたもの
Ｂ　東京・国語教育探究の会のメンバーを中心とした実践資料（小学校国語教科書掲載のあまん作品七編に関するもの）
Ｃ　新聞や雑誌に掲載されたあまんさんの随筆や対談記録のコピー

Ａは第一章の元原稿を成すものであり、Ｃは主に第一章、Ｂは主に第二章に関わるものでした。

二回目のインタビューで、あまんさんにお話しいただくことをいくつかお願いしました。

Ｄ　作品創作のモチーフや背景（ご自身の経験やエピソード）、作品にこめられた意図、一般読者の反応など
Ｅ　教師や子どもたちの新しい読みの実践についての感想
Ｆ　作品へのさらなる思いや構想

こうした準備と進み行きの中で、作者あまんさんと私たち読者、創作論と鑑賞論のコラボレーションを実感することができます。以下、その一例です。

第一章の中で、作品に描かれた世界の「ほんとう」論をめぐって、あまんさんは、杉田政子先生に教えられたウイリアム・ブレイクの詩を話題にしています。その一節「一粒の砂に

世界を見」を受けて、「ほんとう」には、事実と真実があり、「一粒の砂」は事実で、「世界を見」るのは真実であると考えていくと、事実と真実の相互のあいだには、限りない想像の世界があり、だからこそさまざまな創造の世界があるとしています。

また、第一章の終わりには、長崎さんの「文学というのはこんなにおもしろい」「まず一年生や二年生を文学の世界の中で遊ばせてやりたい」という発言があり、あまんさんの共感を得ています。

後から思ったことですが、「遊ぶ」は「学ぶ」を内包するものとして捉え、**事実の世界に学び、真実の世界に遊ぶ**と考えると、想像力も、そして創造力も、光を放つように感じられます。

そうすると、第二章の話題「E　教師や子どもたちの新しい読みの実践」は、文学の世界に真実を求める「遊び方・遊ばせ方」の工夫ということになってきます。

その「遊び方・遊ばせ方」に、あまんさんがヒントをくださり、それを実践に移すことになったのが、第二章冒頭の「空の色は、わたしにとっての絵本だった」を具現化した「わたしのかさはそらのいろ」でした。

ヒントは、絵本に添えられたメッセージサイン「みんなのかさは何色かしら」であり、教室の学習課題は、「あなたは、どんな色のかさがほしいですか。また、それはなぜですか」となりました。

一人の子ども（一年生）は、「くも」を選び、その理由を記しました。

なぜなら、くもは、はれているとき、くもがわらったように見えているし、もし、そのいろだったら、かさがわらったように見えていて、すごくいいきぶんにもなるし、うたをうたいながらいってもいいかなあ――とおもいました。これからもくもを見ていこうとおもっています。

雲のことは、あまんさんの随筆集『空の絵本』（童心社、二〇〇八）に子どものころの回想としても出てきます。ふとんの中からみた「晴れた日の青い空」や「夕暮時の薄紫の空」などにつづいて、「真白な雲が現れては消えていきます」とあります。このことは、次の「子どもと同じ目線で見えてくる景色」である「夕日のしずく」につながっていくのです。

（第二章の聞き手＝中洌正堯）

もくじ

第2章

教科書作品を語らう
―文学の世界に遊ぶ―

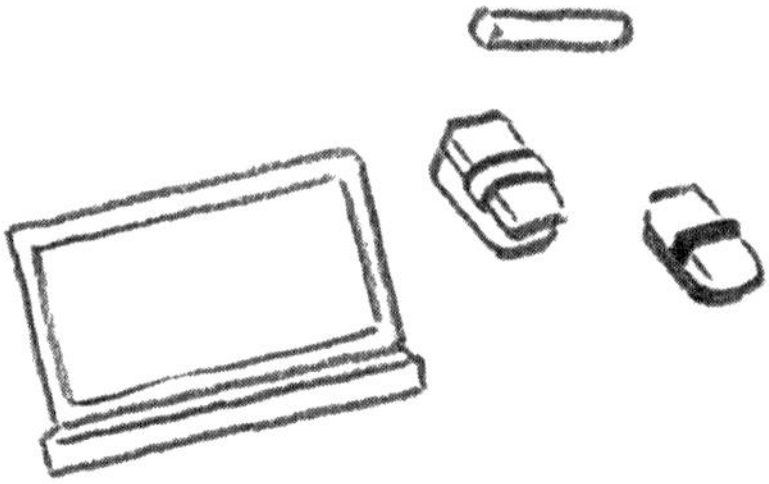

第1章

物語が生まれるまで

聞き手　長崎伸仁

物語との出会い

——はじめに、あまんさんが子どものころの物語との出会いから伺いたいと思います。

子どものころは、家族からいろいろなお話を聞きました。

体が弱く、ひとりっ子だった私は、家の中で遊んでくれる相手もおらず、大人にしょっちゅう面倒をみてもらっていました。その中で、お話を聞く時間がたくさんあったのです。

お話上手の一家だったというわけではありませんが、家の中には話し手がたくさんいました。

祖父がしてくれたのは、東郷元帥や乃木大将や中江藤樹といった偉い人の話。ですから、祖父のことを思い出すときには、そういったその時代の偉人

たちを一緒に思い出します。

祖母がしてくれたのは、たぬきやきつねの話や、宮崎の鵜戸《うど》神宮の話や、ひこたけさんというとんちのようなお話、そういったものが多かったです。父方も母方も、宮崎の出身でした。宮崎、今の日南市に飫肥《おび》という町があるのですが、そこで父方の祖母と母方の祖母は家が近く、同い年齢《どし》の仲よしさんだったそうです。

私は、旧満州で生まれ育ちました。子どものとき、二年に一回くらい、母の「里がえり」で宮崎に帰りました。祖父が一緒のときもありました。そのときにいつも、「行く」ではなく「帰る」という言葉を家族が使っていたので、私にとって宮崎は「帰る」ところでした。

――昔の九州ですと、男尊女卑がはっきりしていたのではないかと思います。お父さん、お母さんはそういったお話をしてくれたのですか？

父がお話をしてくれたことは、一度もありませんでした。九州だからかどうかはわかりませんし、戦前にもいろいろな家庭があったのだろうと思いますが、私の家では、父親はやはり別格の存在でした。食事も、父親が「いただきます」と言ってからみなが「いただきます」と言う、そんな家でした。

母はよくお話をしてくれました。主人公は男なら太郎さん、女なら花子さんときまっていました。私そっくりのわがままな太郎さんがやがてよい子になる、というようなものでしたね。私は食べものの好き嫌いがひどかったので、「ニンジンが嫌いな花子さんが、我慢して口に入れたらおいしく食べられて病気もなおりました」、そんな話もあったと思います。

――幼いきみこ嬢にあわせて、お話をしてくれたのですね。

そうでしょうね。二人のおばにも、よくお話をしてもらいました。上のおばは、アンデルセンの物語や、グリムの王子さまや王女さまの話でした。下のおばは、七歳しかちがわなかったので面倒がって、お化けや幽霊の話ばかりしたのです。いまでもよく覚えていますが、「トイレから赤い手がニュッと出てきた……」という話が怖くて、私は六年生まで、夜、ひとりでトイレに行けなかったんです。

家のトイレは床がタイルで、その上をつっかけでトントントンと歩いて行くと、まず男用があって、奥にあるドアを開けると女用がある。女用トイレの手元に下がっている鎖をキュッと引っ張ると、水がジャーッと流れます。夜になると、その中から、「こらーっ」といった、恐ろしい声が聞こえるようなのです。それが怖くて、カタカタカタッとタイルを走って戻るのですが、いつも母や祖母、上のおばのだれかがトイレの前に立っていてくれました。六年生にもなって、それは絶対のヒミツでしたよ。

――まるで「モチモチの木」のようですね（笑）。そんなふうに、家族みんなからお話を聞かせてもらっていたと。

はい。家族が聞かせてくれるものは寝るときの話が多くて、お話の終わりではいつも眠っていたような気がします。

自分でも子育てをしてよくわかったのですが、あまりおもしろい作品だと、子どもは目をパチクリあけてしまいます。おもしろ過ぎてはいけないのです。お話を聞きながら、途中でホァーンと眠くなるような感じが、心地よかったのでしょうね。

ただ、祖父と祖母には昼にも「お話しして、お話しして」と言ってお話をしてもらいました。そのような時間の中で、お話の楽しさというものをもらった気がします。


――お話の中で、いまでも覚えている作品はありますか？


祖父のは、中江藤樹の話です。祖母のは龍の話です。母には、よく昔話の絵本を読んでもらいました。

小学校の先生も、本を読んでくださいました。図書室に行って自分で読むこともありましたが、教室では、先生に読んでもらう時間がとても楽しかったのです。

五年生までは、短編童話でした。六年生になると、『路傍の石』（山本有三）や、『風の中の子供』（坪田譲治）などといった長編、つづきものに変わりました。戦争がだんだん厳しくなっている時代でしたので、特攻機の紙芝居などもありましたよ。でも、文学的なお話が多かったような気がします。

――『路傍の石』は、長い作品ですよね。読むのにも時間がかかります。

そうですね、先生は何日かかけて、読んでくださいました。ひょっとすると、ぬかされる部分があったのかもしれません。

もちろん、本を読んでくださる時間が、決まっているわけではありません。先生は教室に入ってこられるとき、子どもの側から見えないように、本をわざと隠して持っていらっしゃるんです。

前の方の子どもが気づいて「本、本、本」とささやくように言うと、物語の雰囲気がシューッと波みたいに教室に広がって、みんな、「あっ、今度の時間は本を読んでもらえる」と思うんです。それは楽しい時間でした。

――家庭でも学校でも、そのように語って聞かせてもらっていたんですね。

ですから、坪田先生の『風の中の子供』などは、大人になってから全集で読むことが何回かあり、そのとき、小学校の教室で読んでいただいたおりの喜びが重なってよみがえりました。

――その頃には、自分でも書き始めていたんですか？

どうだったかしら。何かを書くということも、やはり好きだったことは覚えています。

――一番はじめには、どんなものを書かれたのですか？

書いたものとして記憶しているのは、小川未明先生の『赤い蝋燭と人魚』のつづき話です。この作品に出会ったのは、小学校の二年生か三年生のころだったと思います。

この物語、おじいさんとおばあさんが心変わりして人魚を売る場面があります。そこで人魚が檻に入れられて、鍵を閉められてしまいます。そして、人魚を乗せた船が嵐で沈む。檻の中に入れられた人魚が鍵をかけられたまま海の底に沈んでいる様子を思いうかべて、とても怖かったのです。

――さきほどの話で、あまんさんのおばさまも怖い話もしてくださったそうですが……。

下のおばの話は、トイレに幽霊が、といった類いの話だったんですね。それに対して、『赤い蝋燭と人形』では、別の怖さを感じました。

暗い闇にろうそくの赤い灯が見える情景が、作品全体の最後の印象として強く残ると書かれたものを読んだことがあります。いまの私は、そこでうなずきますが子どものときの私は、ただただ、檻の中の人魚娘の姿を想像して泣きました。

それで、「人魚のお母さんがやって来て鍵を開けて、二人で出ました」というような幼いつづき話を書いたら、なにか、心がスッとしたんです。

そうそう、それから、戦争中、女学校の友達と、童話を書いて交換したこともありました。


――女学校、いまでいうと何に当たるんでしょう？

いまでいう中学校です。一年生のときにはかなり戦争がひどくなっていて、学校で軍事教練が行われていた時代でした。二年生のときに、敗戦を迎えました。

そのときの級友、宮崎知子さんと、童話を書いては交換していました。どちらが、言いだしたのでしょうね。ひとりっ子同士で仲よくなったんです。宮崎さんは文学少女で、「春の精が花の上を飛んできて……」というようなお話を書いていました。いつもきれいですてきなお話だなあ、いいなあ、と思いました。私はたぬきとかきつねとか、てるてる坊主の話とか、そんな幼い話しか書けませんでしたから。その童話の交換は戦争中のことで、二人の秘密でした。でも、宮崎さんは、引揚げてきて、二十代のときに結核で亡くなってしまいました。淋しいことでした。

――そういえば、あまんさんの作品には動物がよく出てきますが、たぬきよりもきつねのほうが多いですね。なにか理由があるのでしょうか。

考えてみると、祖母によくきつねの嫁入りの話をしてもらいました。それに障子で影絵遊びをするとき、きつねは作りやすいのでひとり言を言いながら遊んでいました。そんなこともあって、きつねの方に親しみがあるのかもしれませんね。

――なるほど、あまん作品の登場人物の謎が一つとけたような気がします。ところで、いろいろなかたにお話を聞かせてもらったとおっしゃいます。それに対して、成長したあまんさんが周囲の大人たちにお話をするということはありましたか？

自分で書いたものを、周りの大人に見せたり、読んで聞かせた記憶はあります。よく覚えているのは、慰問文ですね。

――慰問文というと、兵隊さんに対しての？

はい。そのころ子どもたちは、慰問文をよく書かされた気がします。戦争中、近所で隣組というのがあって、慰問袋というものを作りましたので、そこに子どもが書いた慰問文を入れたんです。また学校の宿題でも、兵隊さんへの手紙を書きました。それを家族に読んで聞かせて、ほめてもらいました。

それ以外でも、話を家族に聞いてもらう機会は多かったですね。子どものときに、誰かに話をしてもらえる、また聞いてもらえるということはうれしいことでした。縫い物をしている母の背中合わせに座って話をしてもらったり、聞いてもらったり、歌を教えてもらったり、そんな思い出があります。

――私が学生のころ、昭和40年代であっても、その雰囲気はまだあったように思います。「今、こんな本を読んでいるんだけど」なんて言いながら、母に本の内容を読んで聞かせる。すると母も、「へえ、そうなんか、難しいなあ」なんて相づちをうちながら聞いてくれる。

お母さんは、さぞ息子の成長がうれしかったことでしょう。そのこともふくめて、お母さんに聞いてもらえた喜びは、今も心にのこっておられるのですね。

――ご自身の家庭でも、お子さんに話をよくしてあげていたのですか？

はい。私が子育てをするころ、まだ本屋さんには児童書や絵本が少なく、値段も高かったので、そんなに買えるわけではありませんでした。

ですから、二人の子どもたちには、身近なものを題材に、お話を自分で作ってよく聞かせました。天井にねずみがいた話だったり、お風呂に入ればお風呂の話だったり、忘れものをすれば忘れもののそれからとか、身近な話ばかりでした。

――子どもたちに、即興でお話をされるんですね。それも、すやすや寝てくれるよう、あまりおもしろすぎないように（笑）。

そのときに感じたことがあって……、子どもは気に入った話があると、「あのお話をもう一回して」と言いますよね。親にとってすごくうれしいことですから、またその話をするわけです。でも、私の記憶がいいかげんで、例えば、「こびとのタロウさんがホットケーキを十五枚食べました」と言って子どもがキャーッと喜ぶと、喜んだことだけは覚えているので、もっと数を増やして、「二十三枚食べました」などと言う。そうすると子どもが、「違うよ！」と言うんです。

それで、一度したお話をノートに書くようになりました。もともと書くのが好きで、それこそ高校のときは文芸部で書いたりしていましたから苦になりませんでした。書いておけば、子どもにいつも同じ言葉で話すことができます。子どもは同じ言葉で、同じリズムで聞くことで安心するということを、この経験から教えてもらいました。

戦争で感じてきたこと

――あまんさんは一九三一年に旧満州で生まれて、十四歳のとき敗戦になり、二冬をあちらで過ごしてから引き揚げてきています。先日「朝日新聞」でインタビューが掲載されていましたが、まだ書き切れていない戦争のこと、終戦後に満州から引き揚げてくるときに残してきたことを語っておられます。作品の中に、そのことの影響があるのでしょうか。

はい、あると思います。あの時代を経て、身に沁みて感じたことは、「正しい戦争」というものはない、ということです。私は子どものころ、戦争を「平和のための戦」だと習いました。「聖戦」という言葉を信じていました。でも、考えてみれば、戦争はどちら側にも理由がありますよね。ですから、どちら側にとっても聖戦ということになるわけです。

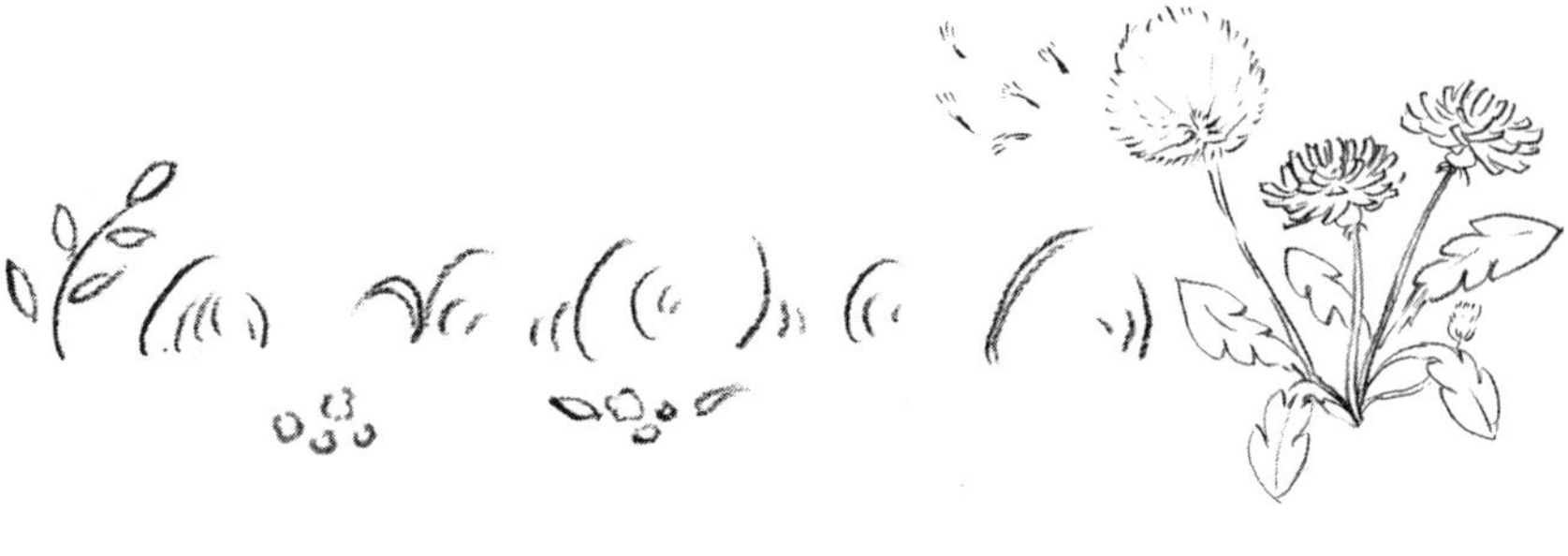

たがいに聖戦ですから、両方とも「自分が殺される前に殺す」ということで、戦争が始まり、つづきます。だから私は、どんな形であれ、どんな理由であれ、人間の叡智で、戦争は起こしてはいけないと思っているんです。「正しい戦争」は絶対にないのですから。

――そのころの経験は、今でもあまんさんの中に残りつづけている。

はい、子ども心にいろいろなことを感じました。

例えば、いまでもトラウマになっているのは、旗を振ることです。日の丸の旗を振る、その次はそれまで戦ってきた国の旗を振る。

子どもたちが旗を振っているすがたをニュースなどで見ますが、あれは大人が連れてきて振らせているわけです。子どもにしてみればけっこう楽しく振っている。私は戦争中と敗戦後に別の旗を振らされた者として、そのことの折り合いが未だについていないのです。

――満州におられたころは、中国の方と知り合いになったり、同世代の友達

がいたりしたんですか？

そのころ、生活の中で中国の方と一緒、ということはありませんでした。学校も日本人ばかりです。

だいぶ前になりますが、ある新聞社の若い方に、大連時代の小学校のころのことを質問されてお話ししていたとき、ふっと気になって、「どういう小学校を想像していますか」と聞いたことがありました。その記者の方は、中国人と日本人と一緒の小学校を想像して聞いておられたんですね。

――では、近所の方や学校の友達も日本人だった。

そうですね。私は体が弱かったので、行動範囲が狭かったということもあったと思います。満州の児童文学では、中国の人と親しくしている作品がいろいろありますから。そうした世界は、もちろんあったはずです。ただ、私は自分のまわりのこととして書けない。中国の人との出会いは、少なかった。振り返れば、中国の子どもはどういう生活をしていたのかということさえも知らないままくらしてしまっていたこと、胸が痛く苦しくなります。は

028

ずかしいことですね。

想像力の喜び

——学校では、「日本国民は正しい戦争をやっているんだ」と言っていた先生が、敗戦後ころっと変わってしまう。そんな状況を、あまんさんも目の当たりになさっていた。

ええ、敗戦を境に、学校の教育は逆さまになりましたから。

日本の戦争は正しいとか、日本は神国だとか言っていらした先生が、大きい声で反対のことを言われるようになりました。「声の大きい人は信じられない」と、そのときは思いましたね。

——以前そのときのお話を聞いたときに、「僕は声が大きいから、あまんさんに信用されないね」なんて言っていた先生がいました（笑）。

すみません（笑）。そのころは、先生たちが真逆のことをおっしゃるので、単純にそう思っていたということでして。

でも、大人になってみれば、あの先生たちは、敗戦後の満州で、家族を持つ身で、非常に危なかったのだと思うんです。それこそ、ソ連のＧＰＵ（秘密警察）や、中国の人民裁判などの噂も聞きました。そんな中ですから、「正義の戦だ」と大きい声で言っていた先生ほど、大きい声でそれを否定しないと、御自分やご家族の身に危険が及んだのではないでしょうか。生徒の立場でも、何が何だかわけがわからなくて大変でしたが、先生方はつらかったろうなと思います。

――でも、変わらない先生もいた。

はい。そのときに変わらなかった先生というのは、戦争中にあまり戦争の話をせず、文学、人間の魂や心、そういう話をされていた方です。

そんなお一人が、杉田政子先生という若い国語の先生です。二年松組、私の担任の先生でした。

先生はそれこそ、声が小さかった。戦争中というのは、大きい声で命令することが格好よかったのです。でも、杉田先生の声は小さくて、シャキシャキした生徒が「もうちょっと大きい声で号令をかけてください」なんて言ったくらいでした。

その代わり、敗戦になっても、おっしゃることはみごとに変わらなかった。

ある国語の時間、先生は教室に入ってこられて「起立」「礼」もせず、生徒に背を向け黒板に四行の詩を書かれました。

一粒の砂に世界を見
一輪の野の花に天国を見る
掌《たなごころ》のうちに無限をつかみ
一瞬に永遠を知る

これはウイリアム・ブレイクの詩です。ひょっとしたら杉田先生がご自分で訳されたのかもしれません。寿岳文章さんの訳がありますが、もっと文学的です。杉田先生が書かれた四行は、実に単純な言葉だったから、中学二年生の私の心になだれこんできたのでしょうね。

「掌のうちに無限をつかむ」、すごい言葉でしょう。「一瞬に永遠を知る」、確かにそうです。それまでにもお話で感動して泣いたりするようなことはありましたが、言葉そのものの力で感動した最初の経験でした。

私が『車のいろは空のいろ』を出版したとき、「あなたはファンタジーを書いていますね」と言われることがありました。でも、私はファンタジーを書こうというつもりではなく、本当にあったと思っていることを書いていたのです。そこで、はじめて「ファンタジーって何だろう?」と考えました。

そう考えこんでいるとき、敗戦後の混乱のなかで感動し、それから折にふれて唇にのせ、力をもらっているこのブレイクの四行の詩が浮かんだのです。はっとしましたね。これが、ファンタジーだと。この四行こそ、ファンタジーをすべて言い得ていると気づいたのです。

子どもはよく「それ、ほんとう?」と言いますよね。その「ほんとう」という言葉には「真実」と「事実」と二つの意味があると思います。

つまり「一粒の砂」は事実です。そして「一粒の砂に世界を見る」ということは真実なんです。「一輪の野の花」は事実だけれど、「一輪の野の花に天国を見る」というのは真実だと思うのです。このように事実から真実を見ることができるし、また、真実から一つ一つの事実を見ることもできるはずですよね。これが、私にとっての「ファンタジー」ではないかと考えました。

――わずかな事実から広大な真実をも見ることができる。この短い中に、文学世界を見るような、無限をつかむような、ファンタジーというものの広がりを見ることができるように感じます。

ありがとうございます。戦後の、ものすごく心が混乱しているときにひびいたブレイクの四行の言葉は、人間の想像力によって「ほんとう」の世界は何かを指し示しているのだと思いました。

気づかずにいただいているもの

――あまんさんの書かれる作品では、ファンタジーの世界に入っていくときに、風が吹いたり雨が降ったりしています。以前、別のインタビューでも尋ねられていらっしゃいましたが、どのように意識されているんですか？

それが、全く意識していないんです。以前言われたときも、「えー、そうなんですか？」と答えてしまった記憶があります。頭で何かを組み立てていくのが、きっと苦手なんでしょうね。

――風が吹く、ということでは、宮沢賢治の作品にはそういう場面がよくありますよね。例えば『注文の多い料理店』で、風がどっと吹いて、館の

世界に入り込んでいき、そして逃げ帰っていくときにもまた、風がどっと吹いて、館がなくなってしまう。そういった作品から影響を受けたということはあるのでしょうか？

宮沢賢治は大好きでした。自分では意識していないのですが、影響を受けてそうするようになった、ということはあるのかもしれません。

作品を本で読んだり、読み上げたりする中で、こうしたらこの世界に入りやすいとか、そんなふうに感じたことはあったのかもしれません。その意味では、今おっしゃったようなことを宮沢賢治の作品から、気づかぬままにいただいているのかもしれませんね。短編集『風の又三郎』は、小学三年ぐらいのころ、買ってもらいました。振り返るとこの世界でずいぶん遊んだ気がします。

それともう一つ、思い出すのは母が胃がん再発で、二度目の手術をし長く入院したときのことです。私は、母の病室にずっとつきそっていました。そのとき、母が読みたがる本を、病院の近くの貸本屋さんから借りてきて、ベッドの横で声にだして読みました（母は、自分で本を読む力がのこっていなかったのです）。それは、太宰治、石川啄木、それから宮沢賢治でした。

――子どものころに読んでもらったお話、読んだ本、お母さんのために読み聞かせた本、それらが後になって、あまん先生が物語をつくるときに影響を与えている。子どものころに伝わる影響というのは、本当に大きいですね。

子どもの時代にもらっていて、後になるまで気がつかないでいるものは、たくさんあるように思います。

七年ほど前に、坪田譲治先生の生誕百二十周年の集《つど》いでわかったのですが、子どものとき、だいじにしていた短編集『風の又三郎』は、坪田先生が編集なさり、「あとがき」も書いていらしたのです。私が全く覚えていなかったので、そのとき、対談した先生が、その「あとがき」をコピーして送ってくださいました。

それを読んで、私はもう、びっくりしてしまいました。坪田先生が、その「あとがき」の中で、「ほんとう」ということについて、繰り返し書いていらっしゃったからです。

私が賢治の童話を本当のことだと思ったのは、これを読んでいたからかもしれません。

――先ほどのブレイクの詩のお話にあったような、「真実」として物語を読むということですね。

私は『車のいろは空のいろ』を出したときから、「これは、本当のことなんです」と一生懸命言っていたのですが、そのことは、自分なりに考えて言っているつもりでした。でも、坪田先生の後書きが子どもの私の中に入って心に沈み、そう言っていたのかもしれないと気づきました。

――まさにおっしゃっていることと重なります。頭のどこかで、大きな影響を受けていたのかも知れませんね。

それから、これも別の方から教えていただいたことなのですが、宮沢賢治の『注文の多い料理店』の序にも、「ほんとう」ということが書かれているんです。

わたくしたちは、氷砂糖をほしいくらいもたないでも、きれいにすきとおった風をたべ、桃いろのうつくしい朝の日光をのむことができます。

またわたくしは、はたけや森の中で、ひどいぼろぼろのきものが、いちばんすばらしいびろうどや羅紗《らしゃ》や、宝石いりのきものに、かわっているのをたびたび見ました。

わたくしは、そういうきれいなたべものやきものをすきです。

（中略）

ほんとうに、かしわばやしの青い夕方を、ひとりで通りかかったり、十一月の山の風のなかに、ふるえながら立ったりしますと、もうどうしてもこんな気がしてしかたないのです。ほんとうにもう、どうしてもこんなことがあるようでしかたないということを、わたくしはそのとおり書いたまでです。

（中略）

けれども、わたくしは、これらのちいさなものがたりの幾きれかが、おしまい、あなたのすきとおったほんとうのたべものになることを、どんなにねがうかわかりません。

（『新修宮沢賢治全集　第十三巻』（筑摩書房、一九八〇年）より、現代仮名遣いに改めた）

ひょっとしたら、坪田譲治先生は宮沢賢治のこのような言葉を踏まえながら後書きを書かれたのではないか、とそのことも教えていただきました。

――点と点が結ばれてくるようなお話ですね。

まさに、結ばれた点が線になって、また結ばれて面になるような心地です。

この序のことを教えてくださった方からは、宮沢賢治の詩集の解説をされている、谷川徹三さんの文章のことも教えていただきました。谷川さんは、宮沢賢治の使っている「心象スケッチ」という言葉について、「『心象スケッチ』とは一瞬一瞬心に映じたものの中に万象の永遠の姿を現じようとしたものなのである」と書かれているそうです。

杉田先生が黒板に書かれた、ブレイクの詩を思い出す言葉です。想像力によって表される「ほんとう」がここにもあるのだなと、勉強になりました。

――たくさんの人たちの言葉や声が、点としてつながり線になり、そして線がつながり面になる。それは、そのときは気づかなかったけれど、後になってから見えてきたということですね。

お世話になった坪田先生の言葉も覚えていないくらいですから、忘れてしまっていること、気づかないままでいることは、他にもたくさんあるはずです。多くの見えない人の力、見えない人の言葉を、私は気づかないうちにいっぱいいただいているのだ、という思いですよね。

教科書を通じて、子どもたちと

――少し話を戻しましょう。お話が好きで、読んだり聞いたりするだけでなく自分でも書いていたあまんさんは、満州から引き揚げてきて、戦後の日本で暮らしていきます。結婚してお子さんも生まれた後、日本女子大学の通信教育部に通い始めます。

高校時代、私は進学組にいました。周りの友人たちは進学していきましたが、私は卒業して母の介護をし、その後結婚しました。それでなんとなく、まだ勉強のつづきが残っているという感じがあったのだと思います。下の子どもが幼稚園に入ったころに、「大学で学びたい」と思って、高校三年生のつづきで受験勉強を始めたのです。

人生の中で、一生懸命願っていると、むこうから見えてくる世界があるも

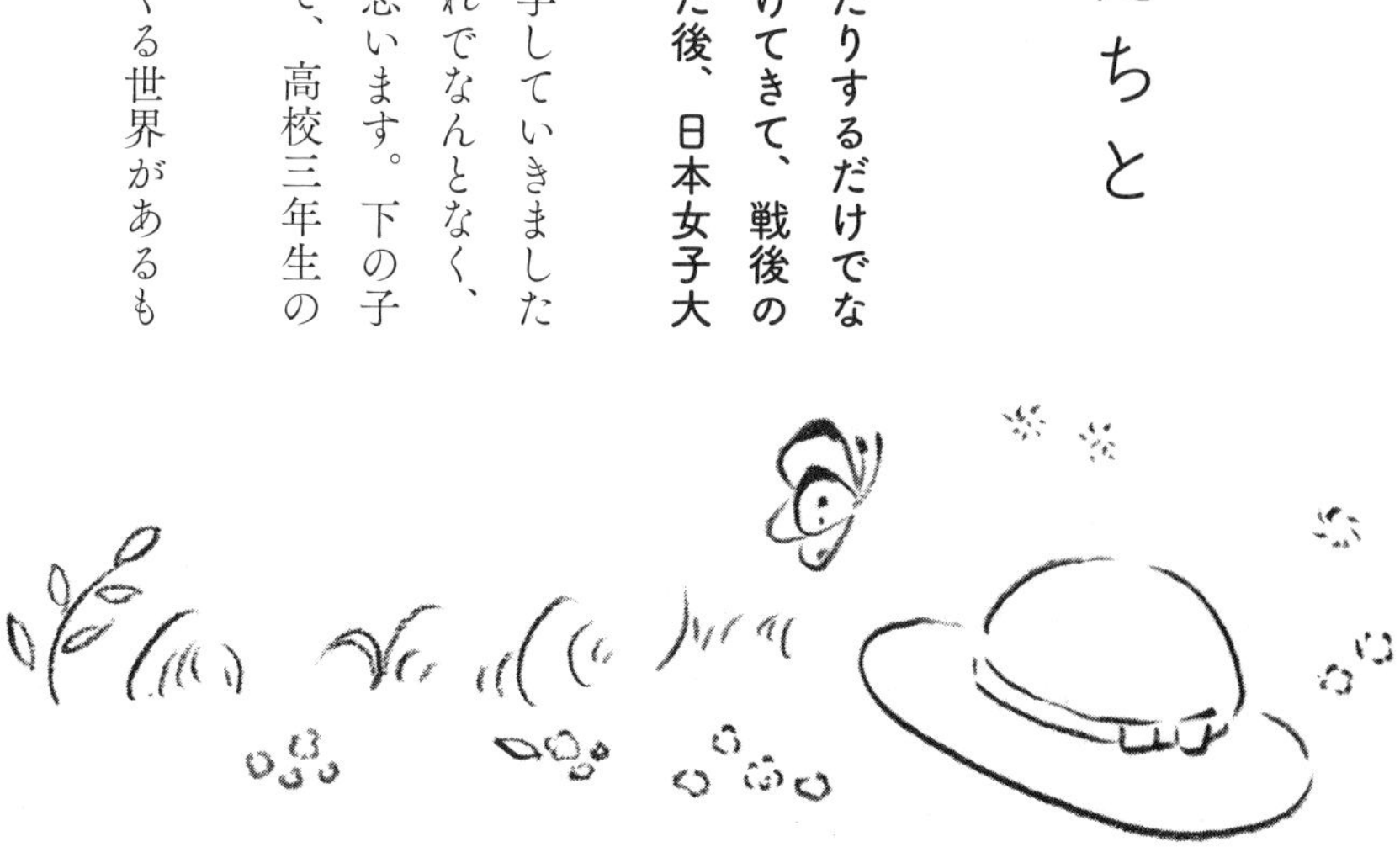

のですね。ちょうどそのころ、日本の大学の通信教育がはじまって十周年とかで、新聞に大きな広告がでていました。その中に日本女子大学の家政学部児童学科を見つけたのです。こんな学び方があるのかと、とてもうれしかったことを覚えています。

――そのころは東京にお住まいだったんですか？

夫が転勤族だったので、いろいろな場所で暮らしたのですが、そのころに居たのは、東京の三鷹です。のちに阿佐ヶ谷にひっこしました。娘は一年生でしたので、息子を幼稚園に送った後で、日本女子大に行き「通信教育」の勉強のしかたを教えていただきました。そして、これが家族にいちばん迷惑をかけない学び方だと思いました。夏、四十日間のスクーリングがあり、地方の方は日本女子大の寄宿舎に入っていましたが、私はずっと家から通っていました。あれは、あの時代、子育て中の主婦としては、東京にいたからできたことかもしれませんね。

――大学では児童学科で学ばれていたのでしたね。

はい。児童学科をみつけたとき、これしかない思いでした。中学生の頃、大きくなったらの質問に、幼稚園の先生と書いていましたし、現在形で子育て中の思いもありましたね。四年間の在学中、学ぶことが楽しくて、その中でお話がより大好きになり「童話の世界に恋をした」という感じでした。

――童話の世界に恋をした、いいお言葉ですね。そこでは、童話を書いたりすることも学んでいたんですか？

いいえ、授業はありませんでした。ただ一年生の夏のスクーリングのとき、「児童学概論」のレポートで、自分で作ったお話を書きました。そのお話を自分の子どもや遊びに来た子たちがどのように受け止めたか、お話を聞いてどんな絵を描いたか、などをまとめて提出したのです。すると、ご指導くださっていた高橋貞先生に、「紹介状を書いたので、これを持って与田準一先生のお宅に行きなさい」と地図まで手渡されました。

そのとき、与田先生のお話で知っていたのは、先生が翻訳された『まりーちゃんとひつじ』という作品だけでした。それは、子どもたちが暗記してしまっていたほど大好きでした。けれど、私はなぜ与田先生に紹介していただいたのかはわかりませんでした。生まれてはじめていただいた紹介状には封がされていましたし。

それでも、「行きました」と高橋先生に報告しなければと与田先生のところに伺いました。その後、与田先生から「〇〇日にいらっしゃい」などというお葉書をときおりいただき、子どもが学校にいっている時間におうかがいしました。そのときの話は、文学のこと、児童文学のこと、子どもたちのことなどでした。先生からファージョンの「ムギと王様」、ミルンの「クマのプーさん」など、児童文学の本をいただきました。私がもともと好きな世界ですから大変たのしい時間でした。それでも、直接には作品を書くことを教えていただいたわけではありません。ただ、ものの見方や表し方の厳しさを教えていただきました。忘れられない出来事があります。先生から本を貸していただいて、お返ししたときのことです。ある雑誌で、「一冊の本から」という文章に、このように書かせていただきました。

もう三十年以上も前のことです。その時、私は、与田準一先生のお宅にお伺いしていました。テーブルの上に一冊の本が置かれ、私は先生にその本の感想を申し上げていました。

「何が書かれていましたか？」

「命の尊さというか、生きる深さというか、人間のエゴイズムも書かれていました」

「ほほう。文章はどうですか？」

「無駄がなくて、いい文章で感心しました」

「構成はどうですか？」

「お手本みたいな構成です」

「じゃあ、いい作品ですね？」

ぐっとつまりました。

「何か不満があるようですね」

「何かが足りない気がします」

「何が足りないのですか？」

私は困った顔になりました。

「内容もいい、文章もいい、構成もいい。それなら、いい作品でしょう？」

私は、じたばたする思いでした。

「でも……」

と、いいました。

「でも、足りないものがあると感じるのです。……先生、そんなこと、ありませんか？」

とたんに、先生の目が大きくなりました。

「言葉にできないということは、考えていないということです。感じるだけでは駄目です」

ずしんと、深くひびきました。はずかしくて涙がこぼれました。

私は、先生のこの言葉を、いまでもよく心の中で繰り返しています。

そのうちに、与田先生から『びわの実学校』という同人誌をいただき、投稿するということを教えていただきました。この『びわの実学校』に投稿して掲載された「白いぼうし」が、はじめて教科書に載せていただいた作品になります。

――「白いぼうし」は、運転手松井さんが主人公の連作短編として、後に『車のいろは空のいろ』に収められます。単行本として出るよりも早く、教科書に選ばれたんですか？

はい。一九六七年に「白いぼうし」が『びわの実学校』に掲載されて、そのときに教科書会社のどなたかが見つけてくださったのでしょう。そういえば、ちょうどそのころ、夫の転勤で東京から仙台に引っ越しをしたものですから、教科書会社の方から連絡がとれなかったことを覚えています。

――「教科書に載る」となったときには、どう感じられたのですか？「私の作品が認められた」といった喜びのような……。

それが、申し訳ないことに、全然そういう気持ちがなかったんです。「そんなことがあるのかな」と、ボーッとしていたような記憶があります。

——あまんさんのお人柄が感じられる言葉ですね（笑）。教科書に載るということは、多くの子どもたちに読まれるわけで、とても名誉なことだと思います。

それを感じられなかったのは、いま考えると、本当に申し訳ない思いですね。正直に申し上げると、教科書に載るってなんだろう、とぼんやりと思ったくらいでした。

むしろ、教科書に載った後に、はじめて子どもさんたちからお手紙をいただいてどきどきしたときのことはよく覚えています。

——そのころ、あまんさんは必ず返事をしていたそうです。そういうことは、また学校で伝わっていくので、また他の子どももお手紙を送るんですね。子どもたちからしたら、あまんきみこさんが返事をくれるという、夢のようなことが起こるわけです。

夢なんて、そんなことはないですよ。でも、いろいろと質問もきましたね。「白いぼうし」を読んだ子から、「女の子は蝶々でしょう?」「蝶の精でしょう?」「この女の子は何なのか、教えてください」というような質問がたくさん寄せられました。

——どう返事をされたんですか?

私は、そこに踏み込んではいけないと思いました。私は教育者ではなくてただのもの書きですから、「あなたはどう思うの、あなたが蝶と思うなら蝶でしょう」と。そういうふうにしか言えませんでした。相撲の行司が「東〜」とか「西〜」というように、私が決めることはできないと思ったのです。

そのことだけは最初から自分の中にありました。作品というのは読む人の人生で読むのですから、書いた私がこう思っている、というのが正解ではないと考えています。

読んだ人が、「私はこう読みました」と言うのと、書いた私が「こういうつもりで書きました」と言うのとが違っていても、読み方が間違っている、ということではないはずです。

——後の章で「白いぼうし」の登場人物について、子どもとその家庭教師の先生から手紙が来ていたエピソードにも言及しますが、こういった、作品の読みには踏み込まないようにするあまんさんの態度は一貫していますね。

でも、教科書に掲載されたことで、学校を通じて子どもさんたちからお手紙をもらうのはうれしいです。昔、九州の男の子から、「きみこさん、僕のために詩を書いてください」というお手紙が来たことがありました。もちろん、詩は書きませんでしたがうれしかったのを覚えています。

——あまんさんが作品を書かれるときに、「こういった子どもであってほしい」「こういう子どもをイメージして書きたい」というような、読者としての子ども像はおもちなのでしょうか？

私はものを書くとき、子どもに向かって書くということはあまり意識していません。書きたいものを書いていて、それがいまの子どもたちの心と響き合ったら、それがうれしいのです。

これはいろいろな場で書いたりお話ししたりしたことがあるのですが、私は、四十歳ぐらいまで、前に向かって人生を歩きながら、恥ずかしいことやいやなことを手放していって、スリムになっていくという感覚をもっていました。

でも、四十歳前後のときに、「あ、私はスリムになっているのではなくて、全部抱え込んでいる」と感じました。木の年輪を人生に例えることがよくありますけど、それを体内に感じたんです。

年輪の真ん中が赤ちゃんのときです。次が幼年で、その次が子ども時代で、少女だったころ、青年時代、壮年時代……、それぞれそのときにつらかったことや、言葉にしたかったのに言葉にならなかったこと、ここでごめんなさいと言っておけばよかった、ここでありがとうと言っておけばよかったというようなことを、人は誰しも人生にたくさんもっているのではないでしょうか。

――年輪として刻まれているということですね。赤ちゃんのころ、五歳のころ、少女時代、さまざまな時代のあまんさんが、層のかたちで存在していて、今のあまんさんを形作っている。

そのことを頭の中で、というよりも、体内に感じたという実感があったんです。ああ、人ってみんな、どの人も体の中に赤ちゃん時代、子ども時代を抱えもっている、と。

「いや、そんなことは覚えていない」という方もたくさんいらっしゃると思いますが、意識していったらきっと広がっていく、深いものがあると思うんです。そうやって生きてきたことが順々に広がっていって、それぞれの「私」があると感じます。

体内に抱え込んだ子ども時代や少女時代の思いと、現在の私、それに外側として存在しているいまの社会とがどこかで響き合っている――そこでワクワクしたりドキドキしたりハラハラしたりしないと、私の場合は書けないんです。

もしも、たくさんの子どものことを思って、その子たちのために書こうと思えば、たぶん私は足がすくんでしまい、書けない気がします。自分の書きたいものを必死になって追い求め、書いているということに過ぎないんです。

――日本中の子どもたちは、教科書を通じてあまんさんの作品に親しみ、没入しながら読んでいきます。大人の私も、「ちいちゃんのかげおくり」は何度読んでも涙してしまいますし、「白いぼうし」を読むたびに心が温かくなります。あまんさんの作品と、子どもや読者との「響き合い」が起こっているのでしょうね。

そうだとうれしいですね。作品を教科書に採用していただいていることについては、教科書のために書いているのではなくて、ただ一生懸命書きたいことを書いているだけなんです。その結果、子どもたちが物語を自由にのびやかに読んでくれたら、なんとありがたいことでしょう。

第２章

教科書作品を語らう

―文学の世界に遊ぶ―

聞き手　中洌正堯

空の色は、わたしにとっての絵本だった――

わたしのかさはそらのいろ

〈作品情報〉『わたしのかさはそらのいろ』

あまんきみこ・作、垂石眞子・絵、福音館書店、二〇一五年

二〇〇六年、福音館書店より『こどものとも602号』に収録されて刊行。二〇一八年現在、東京書籍版の国語教科書（一年）に掲載されている。

わたしのかさとわたしの空

『わたしのかさはそらのいろ』は、女の子の青いかさの中に、動物たちが「いれて。いれて」と言いながらとびこんでくると、かさはずんずん

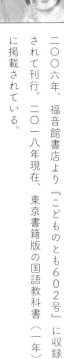

広がっていく、という、ファンタジーの世界ですね。ウクライナ民話の『てぶくろ』という絵本を連想したのですが、『てぶくろ』からの影響というものはあったのですか。

『てぶくろ』は好きでしたよ。あの作品にも、いろいろな動物が出てきますね。自分の子どもたちにも読んでいました。

でも、物語を書くときに、何かが頭にあるということはありません。自分自身が書きたいことを必死で追いかけるということですから。ただ、それまでに読んだ作品が、私の細胞の中にたくさん入っていて、どこかで響き合っているということはあるでしょうね。

私は子どものころ、よく、かさをくるくる回して遊んでいました。そうしていると、かさがずんずん広がっていくような感覚があったんです。

――その感じが、『わたしのかさはそらのいろ』に反映されているのですね。

ところで、あまんさんは、子どものころよく空を見ておられたと、どこかでお話されていましたね。

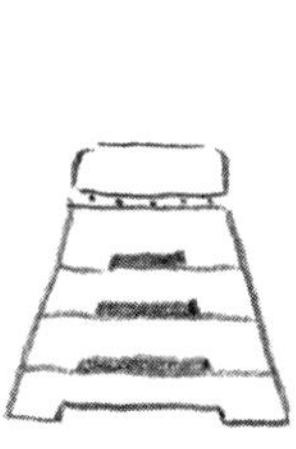

はい、私は子どものころ病弱だったので、畳の上にふとんを敷いて横になっている時間が多く、よく窓のむこうの空をぼうっと眺めていました。私が子どものころには、テレビはありませんでした。ラジオに『少国民の時間』というのが少しあったことを覚えています。ただ、具合がわるいときは、絵本や本を読む力がありません。

それで、窓の形に区切られた空の色や、そこをとおる雲を見て過ごす時間が多かったのです。あのときの空は、私の絵本だったなと思います。

「みんなのかさは何色かしら？」

――あまんさんは、ある学校の先生にサインを求められて、『わたしのかさはそらのいろ』の絵本に「みんなのかさは何色かしら？」と書かれたそうですね。その先生は、学校に絵本を持ち帰って、一年生の子どもたちに、「あなたはどんな色のかさがほしいですか。また、それはなぜですか」と問いかけ、ワークシートに書かせたのだそうです。子どもたちの書いた内容を、いくつかご紹介しましょう。

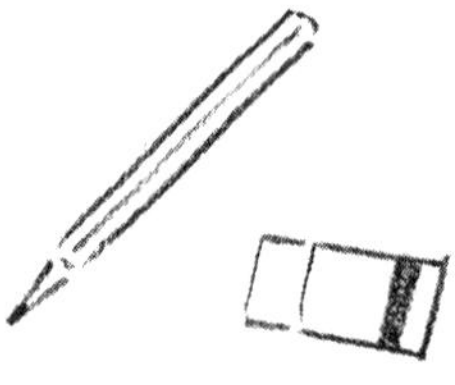

「わたしはくもいろのかさがほしいです。なぜなら、くもははれているとき、くもがわらったように見えているし、もし、そのいろだったら、かさがわらったように見えていて、すごくいいきぶんにもなるし、うたをうたいながらいってもいいかなーと思いました」

「ぼくはやみのいろのかさがほしいです。なぜなら、かっこいいからです」

「わたしはぶどういろのかさがほしいです。なぜなら、きれいだし、おいしそうないろだし、おこるとしたらにぎやかになりそうだし、みんなでダンスをおどれたり、カラオケとかもあるし、ぶどうをたべられるかもしれないし、ほかには、ぶどういろのえのぐでぶどうをかいたり、ぶどうパーティーができそうだから、ぶどういろのかさがほしいです」

「わたしはそらいろのかさがほしいです。なぜなら、そらは、にじがかかることがあります。あと、そらのいろはゆめのようで、うえをむいたらそらをゆっくりとんでいるかんじがしました。あと、わたしはそらをずっとみていると、すぐにスースーとねて、よいゆめをみたことがあります。そらには神さまがいっぱいいるきがするからです」

単に赤、黄色、というような色ではないんですね。小学校一年生でしょう。想像の広がりがあって、すごいですね。

――学級の先生が、「何か、例えた色を出してください」と指示をされたのだそうです。ぶどう、夕焼け、光、エメラルド、ダイヤ、ゴールド、海、それから先生のジャケットの色と書いた子もいました。

これは、あまんさんの作品にヒントを得て世界を広げていくという、「文学の世界に遊ぶ」という学びをしていると思うんです。教室で主として行われているのは作品そのものを深く読み込んでいくという学びですが、作品から自分の想像の世界へ発展していくという学びが、もっとあってもよいのではないかなと思います。

おっしゃるとおりだと思います。「文学の世界に遊ぶ」というのは、素晴らしい言葉ですね。子どもたちが楽しく、自分の人生の中で文学を読んでくれたらいいな、と思いますね。

子どもと同じ目線で見えてくる景色
夕日のしずく

〈作品情報〉『ゆうひのしずく』
あまんきみこ・ぶん、しのとおすみこ・え、小峰書店、二〇〇五年

二〇〇五年、小峰書店より刊行。二〇一八年現在、三省堂版の国語教科書（一年）に掲載されている。

子どもの視点、大人の視点
――『夕日のしずく』には、三つの対比関係があるのではないかと思います。

一つ目の対比は、ひとりぼっちのきりんと、いっぱいいるあり。二つ目

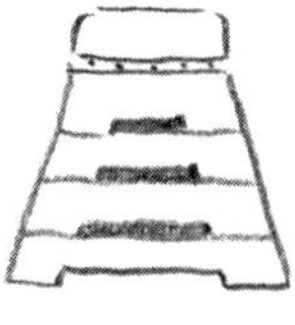

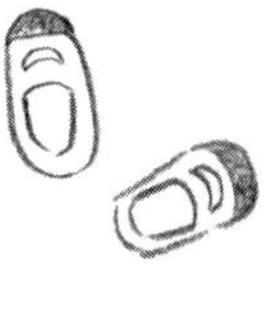

は、大きいきりんと、小さいあり。三つ目は、きりんは目線が高いから遠くを見ることができるけれど、ありは低いから近くしか見ることができない。この三つの対比関係が見事だなと思ったのですが、これは、書くときに意識されていましたか。

あまり深くは（笑）。でも、いまおっしゃったことはわかります。世の中にはそんな、対比関係のようなものはたくさんありますものね。

母親になって子育てをすると、視点の変化というものを感じます。

例えば、子どもが花を見て、「あの花、きれい」と言う。大人から見たら花は足もとにあるわけですが、子どもにとっては目の前にあるわけです。そのことに気づくと、私自身が、子ども時代に、確かに目の前で花や蝶を見ていたことを思い出します。

蝶が花の中に管をキューッと出して、蜜を吸うところを見ていたとき、自分も花になっていたんだと思います。子どもの小ささ、子どもの視点でね。大人になってから、子どもがよちよち歩くのを見ると、本当に目線は低いで

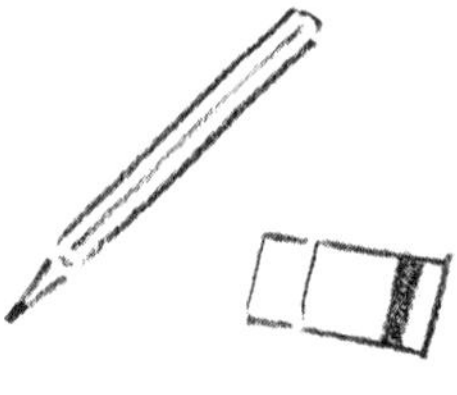

すから。

そういえば、小学一年生のとき、すみれを摘んでいて学校へ行くのを忘れたことがあります。花は目の前にあって、摘んでいると次が見えるので、夢中になってすみれを摘んで遅刻しました。

でも、大人になったら、花は目の前ではなく、足もとにあるようになってしまうのです。

以前、今西祐行先生の奥さまが子どものころ、遊んでいて崖から飛び降りたという場所を、先生と二人で探したことがあります。その場所を見つけてみると、崖ではなくて上にお稲荷さんの社があって、そこに間違いないのですが、どう見てもただの段差でした。子どもの視点から見れば崖だったのですね。

そういう視点の違いを、いろいろな意味で私は意識しています。

きりんとありの世界は、視点の違いがありますから、同じものを見ながらでもずいぶん違ってくる。見えるものと見えないものとがありますし。

――いまのお話には、〝当たり前のもの〟と〝当たり前でないもの〟という四つ目の視点があるように思います。きりんが足もとの花を見て、夕日のしずくだと言うように、当たり前でない世界というのはこんなに近くにあったのかと驚く。

そう、それは近いところにいっぱいあるんですよね。

――ある先生が、「きりんの見た世界とありの見た世界、どちらのほうがすてきな世界だったか」、と子どもたちに聞いた例があります。

どっちの数が多かったんですか？

――「きりんの見た世界（下の世界）」を選んだ子が十九人、「ありの見た世界（上の世界）」を選んだ子が十五人でした。

では、あまり変わらないんですね。

――ほとんど同じです。きりんは、ありのおかげで夕日のしずくを見ること

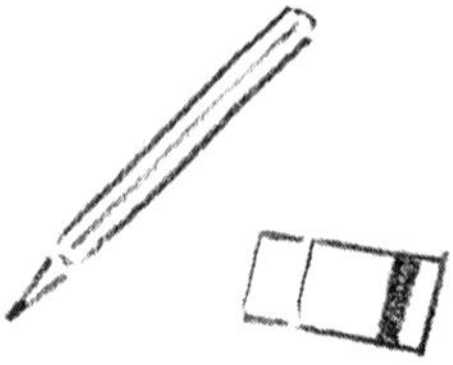

ができて、ありは、きりんに声をかけてもらって上の世界を見ることができる。そのことを、「普通に考えたら、ありさんがこんな世界を見られるわけはないのに」と、一年生の子どもが言うんです。

子どもたちは、想像力をふくらませて、文学の世界で遊んでいるんですね。だから、子どもが「花がきれい」と言ったら、大人はしゃがんで見てはどうでしょう。先生も立ったままではなくて、しゃがんで子どもと同じ目線で見ると、ちょっと花が大きく見えたりするかなと思います。

――実際、教師が立って上から語りかけているのと、子どもと同じ目線にしゃがんで語りかけるのとでは全然違いますね。

それにしても、「どちらのほうがすてきな世界だったか」という問いかけはおもしろいですね。それでまた子どもが考えたり、想像をいろいろふくらませるというのはうれしいですね。

声に出して読むということ

——あまんさんは、自分の作品を出されるときに、もう校正が済んだ作品を声に出して読むとおっしゃっていましたね。

ええ、そうです。声に出して読むようにしています。

——ありときりんの会話の間に、「きりんは、つぶやくようにいった」という文がありますが、これは、前後のきりんの言葉、両方にかかっていますよね。そうすると、音読するとき、「ぼくは、海のむこうで生まれた」という言葉はつぶやくように読む、というように指示していることになると思いますが、あまんさんはこの部分、つぶやくように読まれますか。

あまり意識していませんでした。でも、つぶやくように読んでいる気もします。作品の中に入って読みますから、「ぼくは、海のむこうで生まれた」という言葉はやはり、つぶやくように読むほうがしっくりくるように思いま

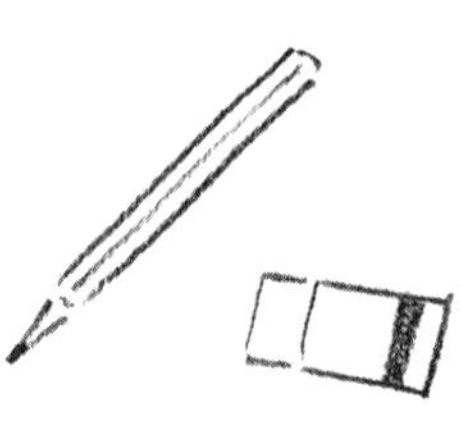

す。

——それから、「ぼくはここに来て、あの海のむこうを、見ているんだよ」というところでは、青い海の世界ですね。その後「かあさんとならんで見た夕日も、こんなにきれいだった」というところでは、赤い夕陽の世界ですね。青から赤への移行があると思うのですが、この部分で間をとって読むということは意識されますか。

これも意識はしません。言葉の一つ一つをゆっくり読んでいる、ただ作品の中に入って読んでいるにすぎないのでしょうね。この絵本の場合は、ページをめくると、ぱっと青から赤い色調に変わります。ページをめくる一つの動作と、その視覚と文章がつながっているのは、絵描きさんの力です。

私の場合は、作品を書いて、それを絵描きさんに描いていただくことが多いのですから。

——もともとの絵本という形で読む際には、ページをめくる動作が入ること

で、自然とここに間が生まれるということですね。

それから、「なかまもいっぱい、いた。」という文がありますね。中の読点は、読むときに呼吸をおかれるんですね。

そうですね、呼吸を飲み込むような感じでしょうか。いまはいないわけですから、「いっぱいいいた。」というよりは「いっぱい、いた。」となると思います。

声に出して読むと、不要な言葉、ここに必要のないような文学的な言葉は、外れていく思いがします。また、足りない言葉は自然に寄ってくるような気がします。声に出して読むということをしているのは、そういう理由からなのでしょうね。

頭の中に下りてきた「とっぴんぱらりのぷう」

きつねのおきゃくさま

〈作品情報〉『きつねのおきゃくさま』
あまんきみこ・文、二俣英五郎・絵、サンリード、一九八四年

一九八四年、サンリードより刊行。二〇一八年現在、教育出版・学校図書・三省堂版の国語教科書（二年）に掲載されている。

昔話としてできあがった『きつねのおきゃくさま』

――『きつねのおきゃくさま』のきつねは、ひよことあひるとうさぎを太ら

せてから食べようと思っていたけれど、おおかみがおそってきたとき、三匹を守って戦い、はずかしそうに笑って死んでしまうのですよね。この作品を書かれた経緯を教えていただけますか。

これは私にとっては不思議な生まれ方をした作品です。福岡にいるころに書き始めたのですが、どんなに書いたり消したりしても書き上げられなくて、しばらく時間をおいていました。

これは完成できないかな、とも思っていたのですが、何年か経って京都に引っ越してきたころ、突然、「むかし、むかし、あったとさ」という言葉がふわっと出てきたんです。最初に書いていたものとは全然違う書きだしです。

それが出てきたとたんに、「はらぺこきつねが歩いていると」とすっとつづきました。それから長い間さんざん書いたり消したりを繰り返していた世界が、一つになって作品になったのです。そのとき、最後の「とっぴんぱらりのぷう」という言葉まで出てきました。

なぜ「とっぴんぱらりのぷう」なのか、自分でもわかりませんでした。

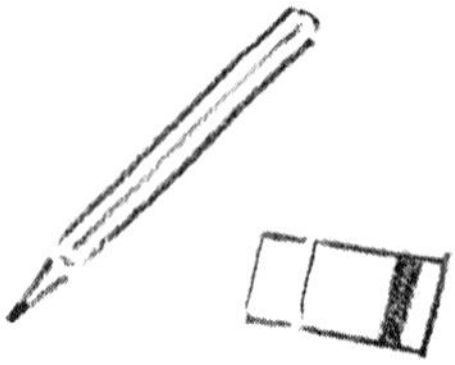

すぐに昔話や民話を調べてみました。すると、「とっぴんぱらり」とか、「とっぴんしゃん」とか、いろいろな「しまい言葉」があることに気づきました。

それは、かつて読んだことのある昔話の中にあったはずですが、自分の意識の中にはありませんでした。ご先祖さまからいただいたり、読んだ本からいただいたり、そういう形で出てきた言葉なのでしょうね。

——途中で何度も出てくる「まるまる太ってきたぜ」という囃子《はやし》言葉のような台詞《せりふ》は、いったい誰の台詞なのでしょうか。食うか食われるかという緊張感を維持するための、きつねの内部に巣くっている欲望の声なのかなとか、いろいろ考えてしまったのですが。

それは、私はなんとも言えないですね。何度も何度も書いたり消したりした時間の長さがあって、いよいよ「むかし、むかし、あったとさ」という言葉からすーっとお話が進んでいったときに、出てきた言葉なのですから。

いまの先生のお話をうかがって、かえって教えていただいた感じがしまし

た。いたらない返事しかできなくて、ごめんなさい。

「きつねがいるぞ」は誰の言葉か

——書き足す、ということでは、この作品は、最初に出版されたときから変わっている部分があるとうかがいました。おおかみが山から下りてきて、ひよことあひるとうさぎを襲おうとしたとき、きつねが「いや、まだいるぞ。きつねがいるぞ。」と言った、この場面です。


　ある　日。くろくも山の　おおかみが　下りて　きたとさ。

「こりゃ、うまそうな　においだねえ。ふん　ふん、ひよこに、あひるに、うさぎだな。」

「いや、まだ　いるぞ。きつねが　いるぞ。」

言うなり、きつねは　とび出した。


はい。いちばん最初の『きつねのおきゃくさま』の絵本には、「言うなり」

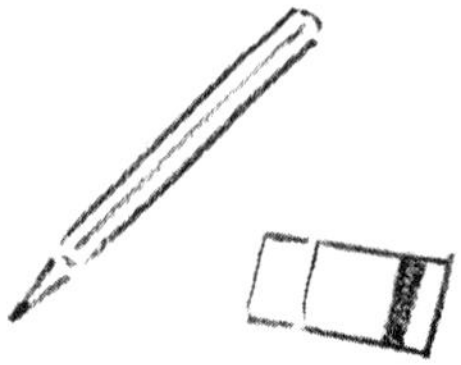

という四字がなかったのです。ですから、教科書でもありませんでした。この言葉は後から足しました。

もうずいぶん前ですが、ある小学校の先生が、群読というのでしょうか、子どもたちが集団で『きつねのおきゃくさま』を読んでいる映像を送ってくださったんです。「みんな一生懸命けいこしました」というお手紙を添えて。

それを拝見すると、「いや、まだいるぞ。きつねがいるぞ」という言葉が、おおかみの声になっていたんです。

でも、私としては、これはきつねの言葉のつもりでした。これだけはきちんと伝わるようにしないと、きつねが戦えないと思いました。子どもたちが一生懸命けいこしたことを思うと、「これはどうかな」と言うのはためらわれて、お礼の返事にそのことはとうとう書けませんでした。それから、どうすればよいかと考えて「言うなり」という四字を入れました。

——きつねが言うか、おおかみが言うかでは、大きな違いがありますね。

はい、自ら名乗りをあげないと力が出ないと思います。昔の武将は名乗り

をあげますよね。あれは、自分で名乗ることで力が出るわけです。相手に「おまえもいたか」なんて言われたら、逃げたくなるでしょう。

このきつねも、おおかみに「いや、まだ　いるぞ。きつねが　いるぞ。」と言われたら、いくらいいきつねになっていても、逃げていくかもしれませんね。自分で名乗りをあげたことで戦う力がわき出たと思います。「おお、たたかったとも、たたかったとも」です。

ここを直したことについては、「こんな言葉を足さなくたってわかりますよ」とおっしゃる先生もいらしたんです。はっきり書かなくても、それぞれが考えて、おおかみの言葉ではないということをわからせるのが教育です、と。

でも、子どもたちの朗読を聞いたときのショックは大きかったんです。結局、私は「言うなり」という言葉をそのままにしています。それで、とり違えられることはなくなりました。そのときに、絵本のほうも四字、足していただきました。ときおり「それぞれが考えて、そのことをわからせるのが教育ですよ」と教えてくださった先生の言葉をかみしめています。

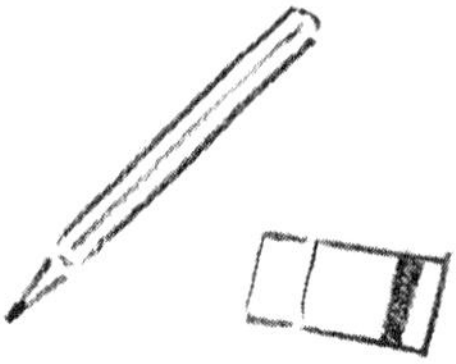

「食べる」ということ

――授業で、最後におおかみが出てこなかったら、きつねはひよことうさぎとあひるを食べただろうかということを考えさせている活動例があるのですが、あまんさんは、きつねは食べたと思われますか。

うーん、そういうふうに考えたことがなかったですね。私の中では、このすじみちしかなかったということでしょうか。

言葉のもつ力が、人の心を変えることってないでしょうか。例えば、ほめられれば豚も木に登る、と言いますよね。言葉によって強い力をもらうということがあると思うんです。お話も、言葉の力を信じるから書けるのでしょうし。

「ほんとう」の言葉には力があると思います。

少し話がそれてしまいますが「食べる」ということは、子どもにとっては大きな問題ですよね。この問題に深く入っていくと、切なく感じます。

私の娘が幼かったとき、食卓の豚肉の料理を見て、「この豚はいい豚さん？

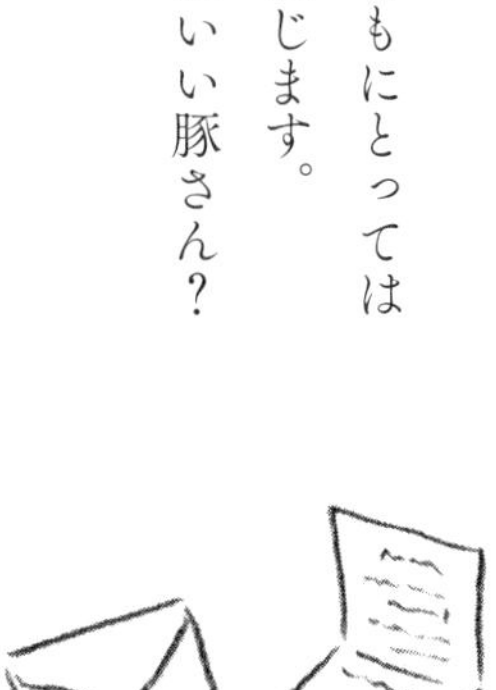

悪い豚さん？」と言ったんです。もう、ぎょっとしてしまいました。はずかしいことに愚かな母親は返事ができなかったのです。それから私まで豚肉を食べられなくなってしまいました。

牛は「うしにく」ではなく「ぎゅうにく」と言うでしょう。鶏は「にわとり」とは言わないで、わが家では「かしわ」と言いました。でも、豚肉は「ぶたにく」ですから、豚ということが子どもにもよくわかったのでしょうね。

謝肉祭というものがあることの意味を、そのときしみじみと思ったんです。

そのころ、ある心理学の先生とお会いする機会があって、「いい豚さん、悪い豚さん」にこだわる娘に、どう教えたらいいか相談したことがありました。

その先生は、「なるべく放って知らん顔しているほうがいいでしょう」とおっしゃいました。あまり小さいときには、そういうことをこだわって教えることはないと。

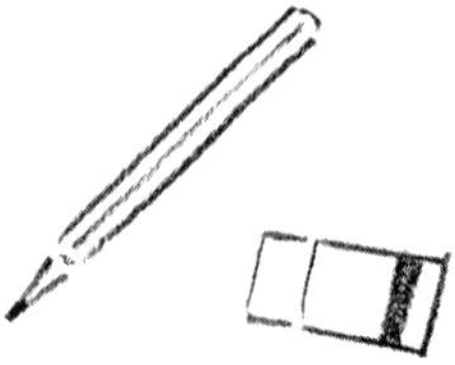

食べる罪というか、そういうものを意識する時期は、ある程度成長してからならばあることでしょう。しかし、親がそこにこだわりすぎると、かえっていけないということだったんですね。そんなことも重ねて思い出しました。

名前を見てちょうだい

一番はじめの大事なプレゼント

〈作品情報〉『なまえをみてちょうだい』

あまんきみこ・文、西巻茅子・絵、フレーベル館、二〇〇七年

一九七二年、フレーベル館より「ミュウのいるいえ」に収録されて刊行。二〇一八年現在、東京書籍版の国語教科書（二年）に掲載されている。

自分だけの名前

――『きつねのおきゃくさま』の中で、名乗ることで自らの力を発揮できるというお話がありました。この『名前を見てちょうだい』でも、「名前」

がキーワードとなっていますね。名乗ることや名前というものについて、どのように考えていらっしゃいますか。

名前は、親、または保護者からの、最初に心を込めたプレゼントです。だから、みんなそれぞれ、「自分の名前」に思いをはせてもらえればとてもうれしいです。

幼いころ母から、私の名前を「きみこ」にしようか、「あやこ」にしようかと迷ったと聞いて、ひどく動揺したことを覚えています。自分は生まれながらに「きみこ」だと思いこんでいたのでしょうね。それくらい、それぞれの人にとって名前は大事なものだと私は思います。

――『名前を見てちょうだい』の中に出てくる大男は、名前を食べてしまうという理不尽な存在ですが、授業の学習課題として、大男の名前を考えるという実践があります。「はやし くいんしんぼう」とか、「なないろじろりん」とか、子どもたちはいろいろ考えますね。

そういえば、「大男の名前を考えてみました……」と、子どもたちから手

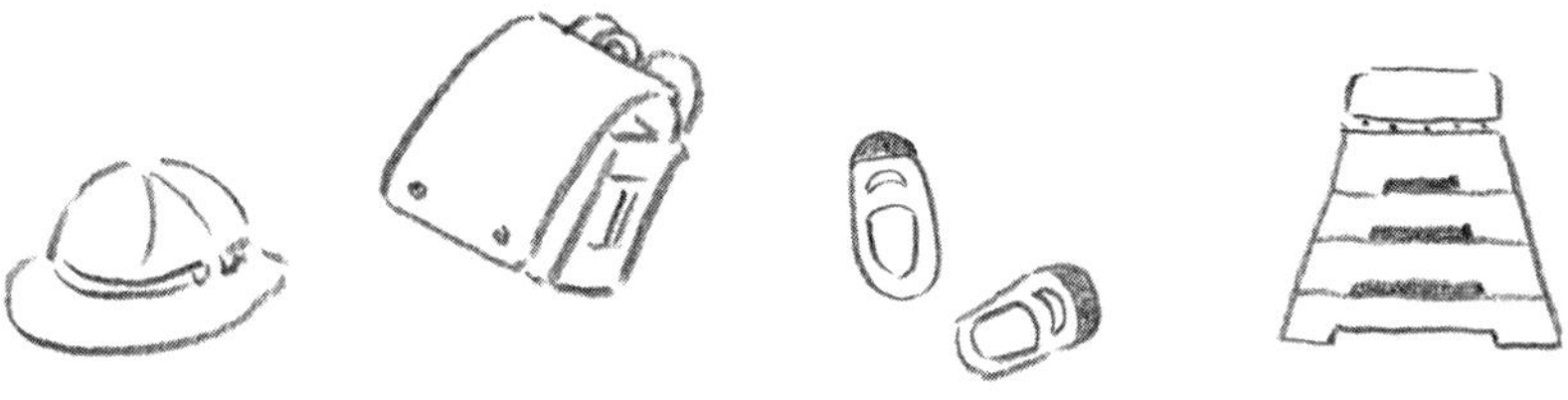

紙が来たことがあります。子どもって、そこまで考えるのかと思ってびっくりしました。実際に、そういう課題を出す先生もいらっしゃるんですね。いろいろ遊べておもしろそうですね。

――学習課題の中には、「強い人物ランキングをつくろう」というものもあります。きつねと、うしと、大男と、えっちゃんの四人で、誰がいちばん強いのか考えるのです。もしかしたら、ぼうしに名前を刺繍したお母さんがいちばん強いのかもしれないとも思いましたが……。

それはまた、いろいろ考えられます。ずいぶんひろがって遊べますね。

このあとえっちゃんは……？

――子どもが書いた感想を、一つ紹介させてください。「なんで、飛んでったぼうしは一つ」というタイトルです。

ぼくは、思いました。なんで、いつも、飛んでいくぼうしは一つなん

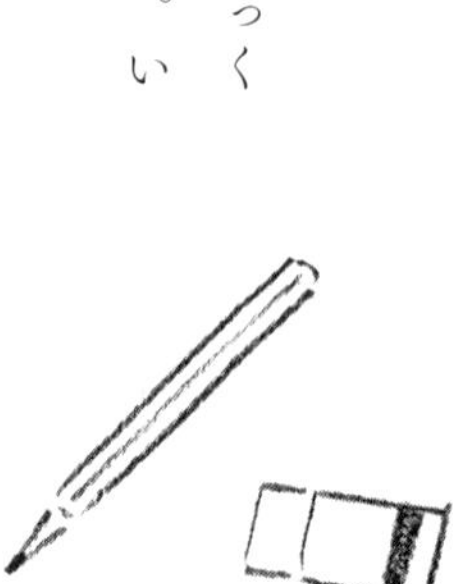

ですか。えっちゃんと、きつねと、牛のぼうしだったら、三つあるんじゃないんですか。でも、一つだけだったら、えっちゃんか、きつねか、牛だと思います。でも、さいごに残ったのは、なんでえっちゃんのなんですか？　牛か、きつねでも、いいじゃないですか。でも、えっちゃんのぼうしが戻ってうれしいです。たぶん、あっこちゃんに、

「きれいだね。」

と言われそうです。

大男は、風船みたいにしぼんで消えちゃったけど、牛ときつねは、そのあと何をしているか、ふしぎです。

えっちゃんは、あっこちゃんの家に行って何をしているか、ふしぎです。

そのあとから、七色の林に、大男は、また出てきたのか、ふしぎです。

ぼくが、気に入っている場面は、

「あたしの　ぼうしを　かえしなさい。」

という場面が、好きです。

この絵は、えっちゃんが『あたしの　ぼうしを　かえしなさい』と言っている場面です。

いっぱい不思議があるんですね。なるほど、うれしい、絵も上手ですね。子どもたちがこの作品を楽しんで読んでくれている様子は、お手紙からも伝わってきます。

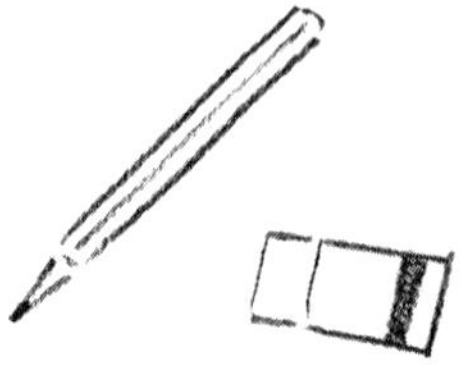

――この感想に「あっこちゃんに、『きれいだね。』と言われそう」というところがありますが、この後えっちゃんは、あっこちゃんやお母さんに、この日あったことを話すだろうか、と授業で問うことがあります。作品のその後を尋ねるということは、よい場合も、作品のイメージを損なう場合もありそうですが、どうお考えですか。

そうですね。前にもお話ししましたが、私は小学校二年生か三年生のときに、小川未明先生の『赤い蝋燭と人魚』のつづきを書くことで、なにか救われたような感じがしたことがありました。

ですから、もしかしたら、困ってしまう子どももいるかもしれませんが、楽しんで考える子どももいると思います。自由に想像力を働かせて遊べるようにするのは、よいことでしょうね。

本当はちいちゃんは生きるはずだった

ちいちゃんのかげおくり

〈作品情報〉『ちいちゃんのかげおくり』

あまんきみこ・作、上野紀子・絵、あかね書房、一九八二年

一九八二年、あかね書房より刊行。一九八六年に、光村図書版の国語教科書（三年）に収録。以来、現在まで同社三年生の教科書に掲載されつづけている。

「かげおくり」という言葉

――『ちいちゃんのかげおくり』は、戦争の悲惨さ、家族の大切さ、命の大事さを描いた作品で、長年教科書に採用されています。多くの子どもた

ちの心に残り続けている教材と言えるでしょう。この作品のタイトルにも出てくる「かげおくり」は、ご自身でやっていた遊びなんですか？

はい、子どものころ、友達とこの遊びをしました。そのころは「かげをおくる」という言い方はしていたと思いますが、「かげおくり」とは言っていませんでした。

わたしはなんでも遅い子で、かけっこだっていつもビリでした。友達と遊ぶときも、ワンテンポ遅れてしまっていたと思います。

それで、友達といっしょにかげをおくったときも、「私のかげだけ遅れて空に映るんじゃないか」と、心配したんですね（笑）。でも、もちろんいっしょに映りました。いつものように、友達に遅れてしまうことなく、みんなといっしょにかげが映ってくれたのが、とてもうれしかったんです。

一人っ子の一人遊びのとき、空にかげをおくることも、好きでした。こんなふうにして、空に行けるはずと、あれこれ空想することもありました。それでこのかげをおくる遊びが、心にのこっていたんだと思います。

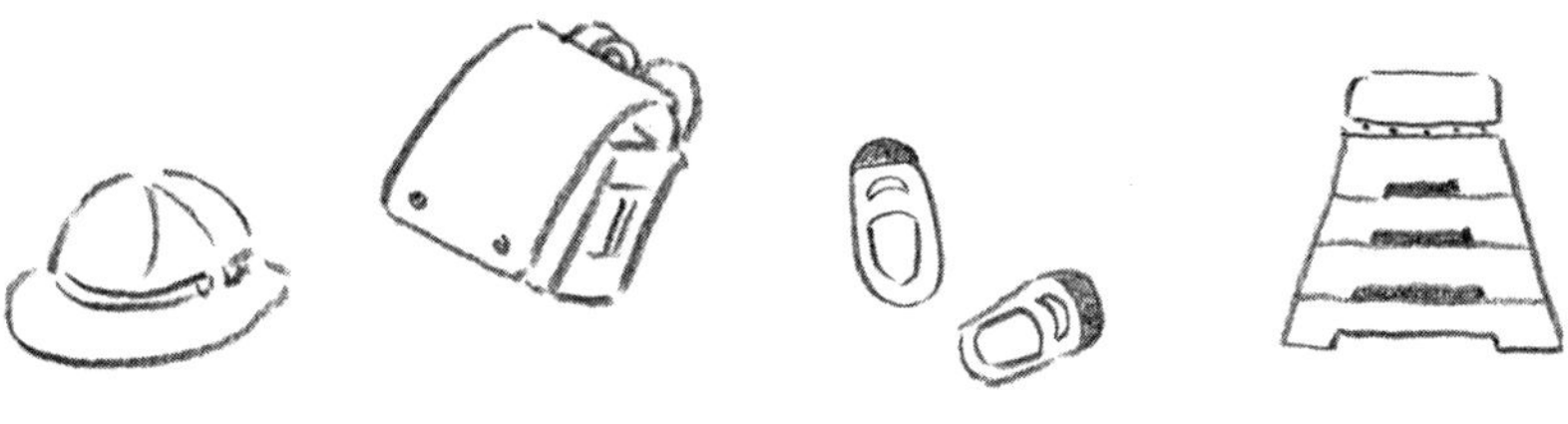

――それで、「かげをおくる」、「かげおくり」をする話を書こうと考えたんですね。「かげをおくる」が、どこかで「かげおくり」になったんですか？

そうです。「かげをおくる話を書こう」と思い立ってから、数年間ずっと書いたり消したり、何度も何度も書き直しました。はじめのころは「かげをおくる」と書いていたんですが、あるとき、登場人物の口から「かげおくりをしよう」という言葉が自然と出てきました。

これは、私が思いついた、という感覚ではなく、本当に、登場人物から出てきた言葉ですね。そこからは「かげおくり」という言葉を使うようになりました。

――あまんさんが「かげおくり」という言葉をつくられたということですね。学校では今、ふつうに「かげおくり」と言うようになっています。

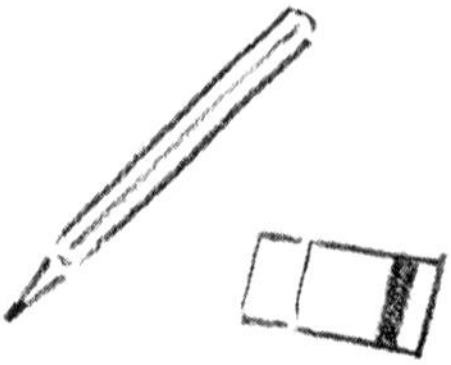

はじめは女性の三代記だった

――数年間直しては消し、ということでしたが、物語はどのように変わっていったのでしょうか？

実は、かげをおくる話を本格的に書き始めたときには、ちいちゃん一人ではなく、三代にわたる物語、三代のかげをおくる話にするつもりだったのです。

名前も決まっていました。一人目が「なみこちゃん」、その娘が「ちいちゃん」、そしてちいちゃんの娘が「せんこちゃん」です。おばあさん、お母さん、娘、この三人が、それぞれの時代でかげをおくる物語にするつもりでした。つまり、おばあさんが子どものころ遊んだ楽しいかげおくりを、孫のせんこちゃんに話し、お母さんが子どものとき、空が一番恐ろしかった戦争時代にしたかげおくりを、娘のせんこちゃんに話して聞かせる……、そして、せんこちゃんがかげおくりをして、空に行く話にしたいと考えていました。ところがちいちゃんが死んでしまったのです。

どうしてもちいちゃんが生きてくれない

――いまお話いただいた三代記と、私たちが知っている『ちいちゃんのかげおくり』では、大きな違いがありますね。どうして、ちいちゃんが亡くなってしまうことになったのでしょうか。

どうしてかわかりません。ただ作品は作者の言うことを聞いてくれないときがあります。このときのちいちゃんがそうで、何度も書き直しても、ちいちゃんは死んでしまいました。

作者としては、ちいちゃんが生きてくれないと、せんこちゃんが生まれないので本当に困りました。

それから、何度書き直しても、思い通りにちいちゃんは動いてくれませんでした。何年過ぎたでしょうか、子どもの死は、大きな未来のすべてを失う理不尽さを思いました。そして、ちいちゃんが亡くなってしまうストーリーに向き合うことにしました。

「ちいちゃんという一人の女の子の、戦争中のかげおくりの話を書こう」

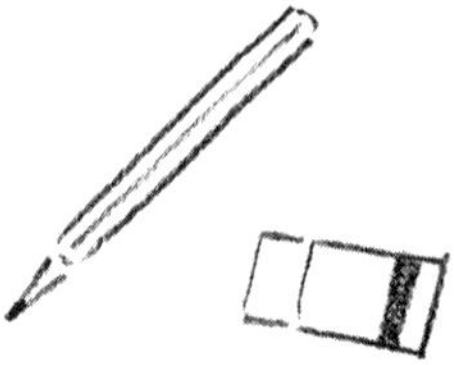

と決めました。ですから、この作品の下にちいちゃんのお母さんと、ちいちゃんの娘の「かげおくり」が埋葬されています。

――現在私たちが読んでいる『ちいちゃんのかげおくり』は、もともとはちいちゃんの悲しいお話ではなかったということですね。国語の授業では、ちいちゃんが亡くなってしまうストーリーから、作者が戦争の悲惨さ、悲しさを伝えたくて書いたんだな、と読みとりがちですが……。

そのように読みとっていただくことはありがたいことです。実際にちいちゃんの時代は、そうでしたから。私は教育者ではありませんので、どのように教えていくかは先生方にお任せしたいと思っています。

――それでも、ちいちゃんは亡くなってしまうし、他の作品の『きつねのおきゃくさま』でも、きつねの死が描かれています。死について向き合おうとするテーマをお持ちだから、作品の重要な要素として描いておられるのではないでしょうか。

それはおそらく、わたし自身の体験によるのだと思います。私は幼年期、病気ばかりして死にそうになった感覚が今ものこっています。また、子どもの時期には戦争があり、死が周りにありました。十五歳のとき、母が胃がんになり、十九歳のとき、永眠しました。

それで、生きるということは死を必ず抱えるもので、死というのは生の中にあるもの、というか、生と死をメビウスの輪のように少女期に感じていました。

本当は辛いこと、悲しいことを書きたくないけれど、自分の中のなにかがそうさせてくれないことがあります。ちいちゃんのときもそうですし、『きつねのおきゃくさま』でも、ほんとうはきつねを生かしたい、『おにたのぼうし』でも、ほんとうはおにたに去ってほしくないんです。

でも自分の気持ちと裏腹に、物語を表に出そうとすると、死や辛いことを書かないわけにはいかないんですね。

――だからこそ子どもたち、そして私たちは、この作品の悲しさ、美しさに

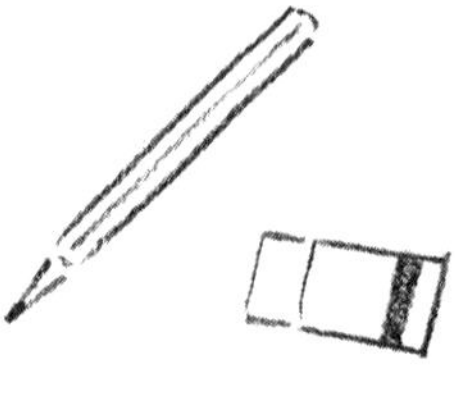

感銘を受けるのでしょうね。

最後の場面に込めた思い

――印象的なのが、最後の現代の場面です。ちいちゃんが亡くなってから数十年が経った後に、ちいちゃんやおにいちゃんくらいの子どもが笑って遊んでいる、という非常に印象的なシーンです。授業でこの場面を考えてほしくて、「最後の場面、なくてもいいんじゃない？ ちいちゃんがなくなる場面で終わりでいいよね？」と、あえて挑発的な問いをしたことがあります。作者に対して、とても失礼な問いですが……。

いえいえ、どうぞ、子どもたちがどう答えてくれたか、教えてください。

――多くはまず「絶対ないとダメ！」と言いますね。例えば、「最後に出てくる子どもたちの遊ぶ様子を読んで、ちいちゃんはいまの私たちと変わらない、ふつうの子どもだったのに、戦争のせいで苦しい思いをした、

というのがわかった。自分だって、友達と遊んだりする。でも、自分がちいちゃんの時代の、戦争の中にいたら、というのを考えてしまいたくなるから」という声ですね。

いろいろ考えて読んでくれて、ありがたいですね。

ある大学生が「私は小学生のとき『ちいちゃんのかげおくり』を読んで、ちいちゃんがあの世でも遊べるように、公園のブランコや、すべり台のかげを空におくりました」と話されてびっくりしたことを思い出しました。

子どもは「えっ」と思うような発想をすることがありますよね。本当にびっくりしましたし、そういうふうに読んで考えてくれて、心が温まるようなうれしさを感じたものです。

ほかにも、「橋の下にちいちゃんがたくさんの人の中で一人でいる。その一人がとってもさみしい」という子どもの手紙をもらったことがあります。

子どもは、保護者がいっしょにいれば、どんなところでも大丈夫。でも、ちいちゃんが橋の下でたくさんの知らない人たちの中に一人でいてとてもさみしい、ということを感じた子どもの手紙を読んだとき、この子はそのさみ

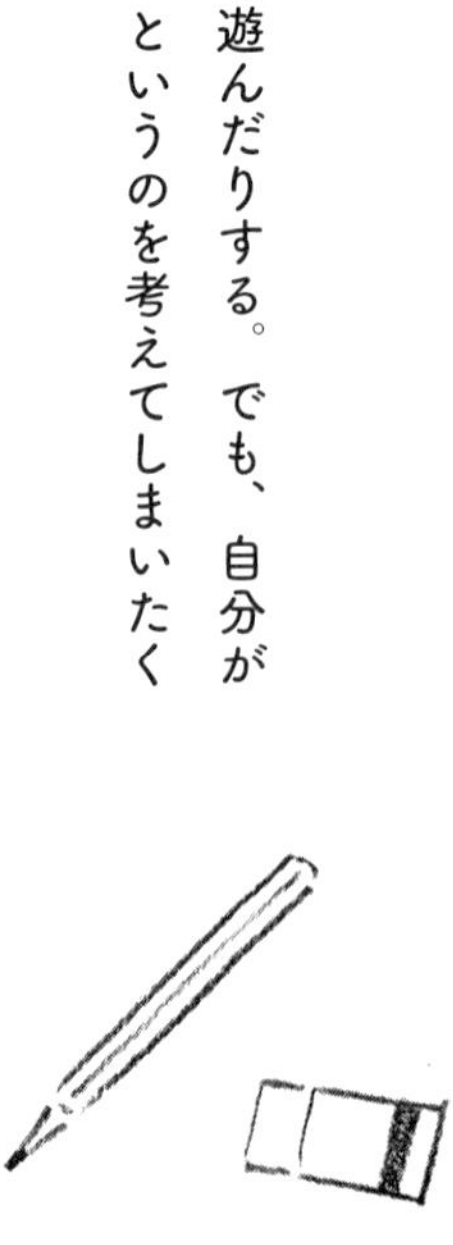

しさを知っているのだなと思いました。

やっぱり、子ども自身の体験から、いろいろな読み方をしてくれるんですね。読んだ子どもたちに、しずくみたいに、ちいちゃんのことをちょっとだけでも覚えていてもらえたら、うれしいなと思います。

鬼に生まれることの哀しみ

おにたのぼうし

〈作品情報〉『おにたのぼうし』あまんきみこ・文、いわさきちひろ・絵、ポプラ社、一九六九年

一九六九年、ポプラ社より刊行。二〇一八年現在、教育出版・三省堂版の国語教科書（三年）に掲載されている。

「鬼」という存在

——『おにたのぼうし』を書かれたのは、一九六九年でしたね。

はい。『車のいろは空のいろ』が最初の童話集で、『おにたのぼうし』が最

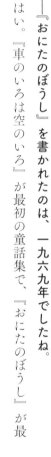

初の絵本です。岩崎ちひろさんのお宅で原画を見せてもらったときは、うれしかったですね。

――その二年後に、馬場あき子さんの『鬼の研究』という本が出るのですが、その中で馬場さんは、鬼はその時代の批判精神だという言い方をされています。同時代の馬場さんが鬼を「反逆の魂」と捉えているのに対して、おにたに「おにだって、いろいろあるのに」と言わしめたあまんさんは、鬼についてどのようなことを考えていらっしゃるのでしょうか。

私は、子どものころ、「生まれる」ということが怖かった時期があるんです。例えば、「蝶は蝶に生まれたかったのかな」とか、「あの犬はあの犬に生まれたかったのかな」とか、考えてしまいました。

遊んでいるときに蝶やとんぼを死なせてしまったり、野犬が捕獲されることを聞いたときとか、「この蝶は蝶に生まれたかったのかな」とか「野犬は野犬に生まれたかったのかな」と思い、生まれるということは自分で選べな

いのではないかという、原始的な不安を感じました。

そのような時期に、鬼は鬼に生まれたかったのだろうか、と考えました。自分で鬼に生まれたくて生まれてきたのではないのだろうと。


――そのとき考えていらした鬼というのは、邪悪な、マイナスな要素をもった存在ではないのですね。


そうですね……、「鬼」という形をとって生まれた存在、ということです。自分にもし急に角が出てきて鬼になってしまったら困るとか、とんでもないことを思っていました。「邪悪な」という感覚は、小さい子どものころに、もっていませんでしたね。

幼いとき鬼の存在は、馬場さんのような大きな視点によるものではなかったのだと思います。大人になれば、馬場さんの言葉のように、邪悪な心が鬼の形になるというふうに考えますけれど。

母親になってから、節分に「鬼は外、福は内」と豆まきをすると、子どもたちが、「鬼はどこに行くの」と私に聞きました。私も子どものときに、母

に、「鬼はどこに行くの」と聞いています。そのとき母が、「どんどんどんどん走っていって海に行って、おいおい泣きながら、オニオコゼになるの」と答えてくれたのを覚えています。なんだか鬼が哀れですよね。

「鬼は邪悪だ」とは思っていない子ども時代に抱えていた、いちばん原始的な形の鬼。それから、私自身も、私の子どもたちも抱いた「鬼はどこに行くの」という疑問。そこからおにたが生まれたのだと思います。

消えてしまったおにた

――物語では、最後におにたは消えてしまいます。『ちいちゃんのかげおくり』についてのお話の中で、本当はいなくなってほしくはなかったけれど、そうなってしまった、とおっしゃっていましたね。

はい。作品というのはときどき言うことを聞かないもので、「そうなってしまった」というのが本当のところです。『ちいちゃんのかげおくり』も『きつねのおきゃくさま』もそうでした。時間をおいて書き直しても、やっぱり同じ。どうしてもそうなってしまう、というところでやっと身から離れ

る…というか書き上げられる、という思いです。

――あまんさんの別の作品『ちびっこちびおに』の終わり方は、幼稚園で子どもたちがちびっこの鬼を仲間として認める、というふうになっていますね。『おにたのぼうし』の悔いの、ある種の答えなのかな、とも思うのですが。

そうですね。『ちびっこちびおに』のほうがだいぶ後ですから。

――もう一つお尋ねしたいのは、おにたは黒鬼の子どもとされていますよね。これは後の、黒い豆との関係で黒鬼になったのでしょうか。その黒い豆ですが、女の子の豆まきのために用意し、その豆に追われる、結果的に邪悪の世界に押しやられていくことになりますね。気のいいおにたの悲嘆の声が聞こえてくるようです。

私の中ではそのような意識はありませんでした。でも、それはどうでもいいことで、自由に読んでいただければありがたいと思います。

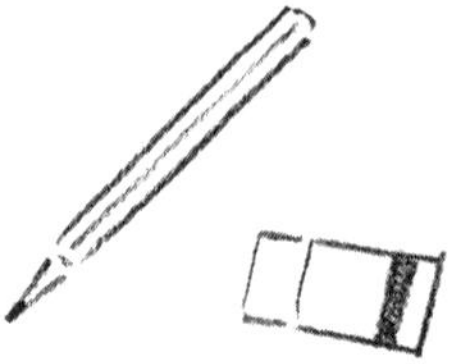

子どもたちから届く手紙の中に、「おにたはやっぱり神様だったんだね」というものがありました。

女の子はおにたのことを、「さっきの子は、きっと神様だわ」と思っているところがあります。手紙をくれた子は、自分の中でいろいろ考えながら読んでいって、女の子が「神様だ」と思ったというところを読んで、「やっぱり」と思ったのでしょうね。

そんなふうに、いろいろ考えながら読んで、自由に捉えてもらえるとうれしいなと思います。

時代が生んだ、松井さんのいる世界
白いぼうし

〈作品情報〉『車のいろは空のいろ　白いぼうし』
あまんきみこ・作、北田卓史・絵、ポプラ社、二〇〇〇年

一九六八年、ポプラ社より『車のいろは空のいろ』に収録されて刊行。二〇一八年現在、光村図書・教育出版・学校図書・三省堂の国語教科書（四年）に掲載されている。

自然と人工の入り交じる情景

―『白いぼうし』は、タクシーの運転手である松井さんが、車道にあった白いぼうしをつまみ上げて、男の子がつかまえておいたもんしろちょう

を逃がしてしまう、そこからつながる物語です。書かれたのは一九六七年で、その一年後に本として出ているのでしたね。

はい。いちばん最初は、童話雑誌『びわの実学校』に掲載されて、その後で本になりました。教科書のほうは最初、『びわの実学校』からとっていただいていたと思います。

――この作品の時代ですが、例えば、松井さんのタクシーには冷房がなく、窓を開けている。それから、母親が送ってきた夏みかんを仕事場であるタクシーに持ってくる、そういうことは、現代ではあまりないでしょう。今ほど人がたがいに警戒心を抱いていなかった時代の姿が、ここにあるようです。

そうですね。夏みかんそのものも、今はあまり香らないでしょう。昔はよく香ったんですよ。

この作品を書いたのは、タクシーの基本料金が百三十円ぐらいの時代だったと思います。『車のいろは空のいろ』の中に、「すずかけ通り三丁目」とい

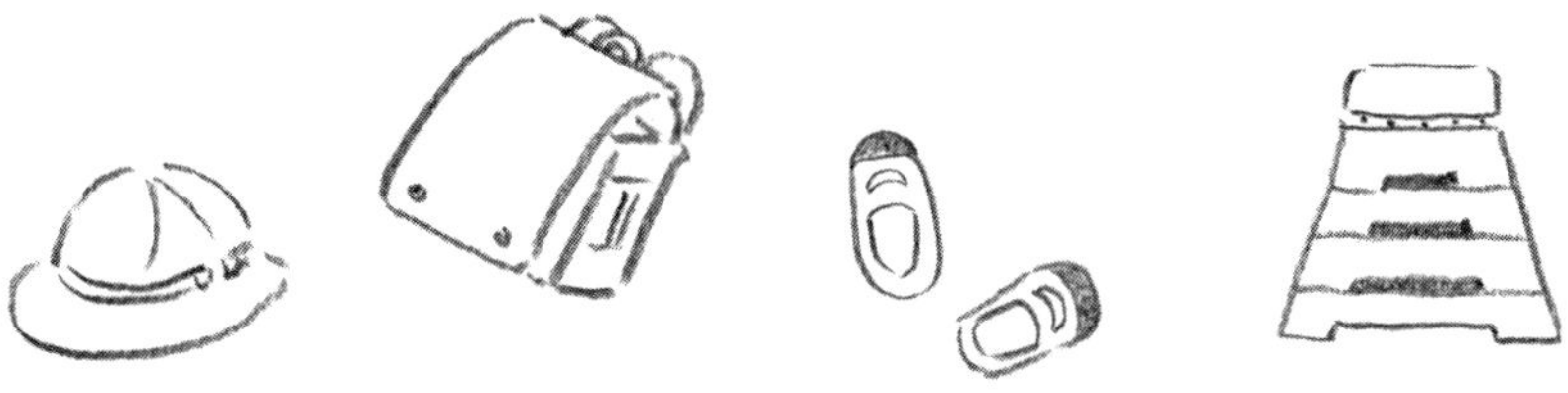

う作品がありますが、その中で、松井さんがお客さんを千円のお札でもらいすぎだと追いかけるところがあります。いま、千円のお札では追いかけませんよね。一万円なら追いかけるかもしれませんけれど。

そういう意味では、以前、与田準一先生が、「ものの値段はあまり書かないほうがいい」ということをおっしゃっていたような記憶があります。私自身はしていませんが、本を増刷するときに、世の中に合わせて、ものの値段を変えるという作家もいらっしゃるそうですね。

――この作品の中では、人工的な都市の世界と自然の農村の世界とが混在していると思います。その点においても、時代というものを感じられるかなと思うのですが……。

そうですね。松井さんの車に乗っていた女の子は、「行っても行っても四角い建物ばかり」と言っていますし、最後の場面は団地の前の小さな野原にたんぽぽが咲いているような情景です。

この作品を書いたとき、私はちょうど東京の団地に住んでいました。いま

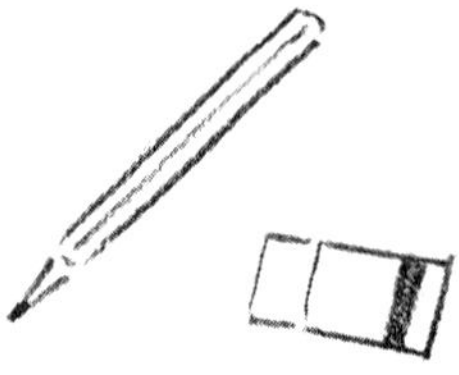

はまったく様子が変わっていますが、私たちが住んでいたころは、団地のそばに、川があったり、草原もいっぱいあったりしていて、先生のご指摘のようにまだ、人工のものと自然のものとが、ごちゃごちゃになって、いっしょに存在する時代だったのですね。そのときの風景が、作品に反映されているのでしょう。

「白いぼうし」におけるファンタジー

——実は、『白いぼうし』について、〝蝶二匹説〟ということを考えてみたのですが。

それはどのような……？

——あまんさんの作品を原作として、『白いぼうし』をアニメ映画化したら、ということを考えたのです。最初は菜の花畑からちょうが二匹もつれ合って飛び、別れたときに残っているのは青い空という風景を描き出したいなと。大野林火という人の俳句に、「あをあをと 空を残して 蝶

別れ」（『大野林火全句集　上』明治書院、一九八三年より）という作品があるのですが、最初の場面はそんなイメージです。

きれいな場面がうかびます。俳句もすてきですね。

――それで、人工と自然の境のところで、人間と蝶がどう交流していくのかというのを描く。二匹の、男の子と女の子の蝶が、近所に冒険に出かけるけれど、はぐれて迷ってしまった男の子の蝶が疲れて休んでいるところを、たけのたけお君が帽子をかぶせる。松井さんが来て、男の子の蝶は帽子から出ることができて、そのまま消えていく。その代わりに、今度は女の子の蝶が車に入ってくる。こっちも迷子になっているんですね。そうすると、最後の「よかったね」「よかったよ」というやりとりが、男の子の蝶と女の子の蝶ということでつじつまが合うなと。そういうふうに読みとりたいなということを考えているんです。ずいぶん勝手なことを申しましたが（笑）。

うわあ、いいですね（笑）。うれしい。思いがけない世界に案内してもら

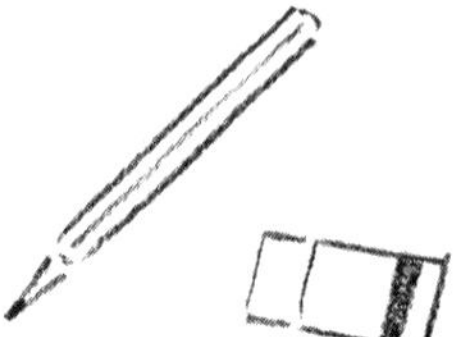

いました。自由に想像をして遊ぶということですよね。

――そうなんです。そういえば、「蝶が少女に変わったのかどうなのか」を、子どもからの手紙で問い合わせがきたことがあるそうですね。

はい。ずいぶん昔の話ですが、ある男の子と、その家庭教師の方からお手紙をいただいたことがあります。

その内容は、「授業であまんきみこさんの『白いぼうし』を習っています。その中で、出てくる女の子はちょうちょなんですか？　僕は、この女の子はちょうちょだと思うんですが、担任の先生は『松井さんの幻想だ』、っていいました。〇日に『白いぼうし』の授業が終わってしまうので、その前に答えを教えてください」というものでした。しっかりした字、しっかりした文面でした。家庭教師の方からは、「この子が納得できるように、作者本人の考えを教えてあげてください」というお手紙が添えてありました。

私はこの手紙を一読して、とても困ってしまったんです。どうしてかというと、担任の先生に、「ほら、作者がこう言っているでしょ」と言いたい感

じがしたからです。それは、この子にとって、いいことなのかしらと悩みました。

私はそれまで、子どもたちからお話の中身について質問の手紙が来たら、「あなたはどう思っているの？　あなたがどう思っているかでいいんですよ」と返していました。それで、このときも最終的に、「あなたがそう思うならあなたにとって女の子はちょうちょだし、先生がそう思うなら先生にとっては松井さんの幻想だったのでしょうね。山に登るのに、いろいろな方面から上るように」というなんとも曖昧な返事を書いて送りました。『白いぼうし』の授業が終わってしまう前に着くように、速達で（笑）。

私の返事を読んだ男の子は、きっと何が何だかわからなくて困惑し、がっかりしたと思います。でも、こういうふうにしか返しようがなかったんです。作者は行司ではありません。作品は読者の人生で、その体験、その心性にのっとって読むものだと思っているからです。

もちろん、作者として、「こういうつもりで書いた、こう思っている」というものは存在します。でも、それは正しい読みではないように思います。

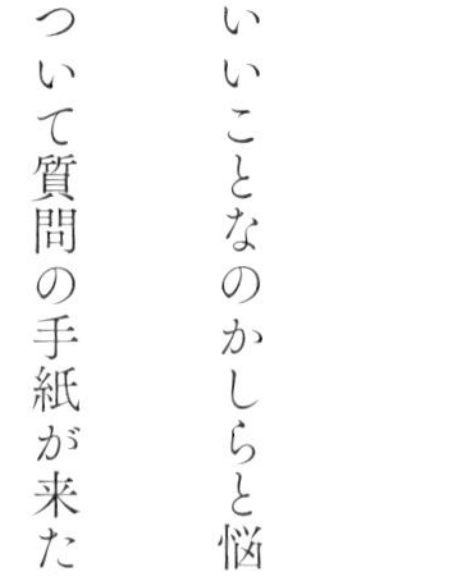

この男の子も、大きくなってから改めて、「ああ、こういうことだったのだ」と広い意味で思い返してくれたら、ありがたい……、子どもたちが自分なりにいろいろ考えて想像をふくらませてくれたら、それはとてもうれしいことなのです。

あとがき

三年前の十一月の寒い日、長崎伸仁先生が東洋館出版社（当時）の大竹裕章さんと来宅されました。

年明けて長崎先生から電話がかかり、検査入院のため予定（来宅の）をのばすということで、「え、御入院ですか？」と訊くと「いや、ちょっとした検査ですよ」という返事と明るい笑い声でほっとしました。その後は、いっそう忙しくしておられると思っていたので御永眠を知ったとき、驚いて立ちつくしました。先生がこの対談のためにいろいろ準備をなさっていらしたことは、亡くなられた後から知りました。お電話でのあたたかな笑い声が耳元に甦る思いです。

中洌正堯先生が、大竹さんと拙宅においでくださったのは、昨年の春でした。作品にそって一つ一つ丁寧に問いかけていただき、それにこたえながら、私は自分の作品の世界をまるで整理させていただいている思いになりました。「白いぼうし」の中で話してくださった「蝶二匹説」の物語は、今も心に残って楽しませていただいています。

また「まえがき」の中で書いておられる「『遊ぶ』は『学ぶ』を内包するものとして捉え、事実の世界に学び、真実の世界に遊ぶと考えると、想像力も、そして創造力も、光を放つように感じられます」という言葉は、透明な風に包まれるように胸をうたれました。

私は、教育という場に立つことが一度もないままに、歳を重ねてしまいました。「どうしても、こうなってしまう。こうしか書けない」というところに身を置いて、書き続けてきただけなので、先生がたの質問に、いたらない返事しかできなかったと思います。

それをおぎないながら質問をつづけてくださった中洌正堯先生、長崎伸仁先生に、心いっぱいのお礼を申し上げます。ありがとうございます。そして編集の大竹裕章さん、刑部愛香さんにいろいろお世話をかけてしまいました。ありがとうございました。

あまんきみこ

著者紹介

あまんきみこ

児童文学作家。

日本女子大学児童学科（通信）卒業。坪田譲治主宰の『びわの実学校』に掲載された「くましんし」が作品公表の初め、同じく「白いぼうし」が教科書採録の初め。

主な受賞歴として、1968年『車のいろは空のいろ』（ポプラ社）で日本児童文学者協会新人賞、野間児童文芸賞推奨作品賞、『ちいちゃんのかげおくり』（あかね書房）で小学館文学賞、『ぽんぽん山の月』（文研出版）で絵本にっぽん賞、『だあれもいない？』（講談社）でひろすけ童話賞受賞等があり、2001年には紫綬褒章受章。

全集に、『あまんきみこ童話集』（全5巻、ポプラ社）、『あまんきみこセレクション』（全5巻、三省堂）、シリーズに、「松井さん」や「えっちゃん」のもの等がある。

長崎伸仁（ながさき・のぶひと）

元・創価大学大学院教職研究科教授。

兵庫教育大学大学院修士課程修了。大阪府公立小学校、指導主事兼社会教育主事、教頭を経て、山口大学教育学部助教授、教授、附属光小学校長、創価大学大学院教授、研究科長を歴任。国語教育探究の会代表、全国大学国語教育学会理事を務めた。

主な著書に、『新しく拓く説明的文章の授業』（明治図書出版）、『表現力を鍛える対話の授業』（編著・明治図書出版）、『「判断」をうながす文学の授業』（編著・三省堂）、『文学・説明文の授業展開　全単元』（全3巻）、『読解と表現をつなぐ文学・説明文の授業』、『「判断」でしかける発問で文学・説明文の授業をつくる』（以上、編著・学事出版）、『文学の教材研究コーチング』（共著・東洋館出版社）などがある。

中洌正堯（なかす・まさたか）

兵庫教育大学名誉教授。

広島大学大学院博士課程修了。広島県公立中学校、広島県公立高等学校、鳥取大学教育学部を経て、兵庫教育大学の助教授、教授、センター長、研究科長、学長を歴任。国語教育の学会等の理事を務めた。現在、国語教育探究の会（1989年発足）顧問。

主な著書に、『国語科表現指導の研究』（溪水社）、『ことば学びの放射線「歳時記」「風土記」のこころ』（三省堂）、『主体的な〈読者〉に育てる小学校国語科の授業づくり』（編著・明治図書出版）、論文に、「読書会単元の開発　比べ読みの試み」『教育フォーラム』53（金子書房）、「文学的な文章・何をどう読むか―国語の授業の新しい設計(3)」『国語教育探究』第26号などがある。

あまんきみこと教科書作品を語らう

2019（令和元）年8月5日　初版第1刷発行

著　者　あまんきみこ・長崎伸仁・中洌正堯
発行者　錦織圭之介
発行所　株式会社東洋館出版社
〒113-0021　東京都文京区本駒込5丁目16番7号
営業部　電話 03-3823-9206　FAX 03-3823-9208
編集部　電話 03-3823-9207　FAX 03-3823-9209
振　替　00180-7-96823
URL　http://www.toyokan.co.jp

編集協力　君島由梨（株式会社あいげん社）
装　　幀　宮澤新一（藤原印刷株式会社）
本文デザイン　竹内宏和（藤原印刷株式会社）
装画・挿絵　やまぐちまりこ
印刷・製本　藤原印刷株式会社

ISBN978-4-491-03747-9　Printed in Japan